兵諫《へいかん》

浅田次郎

講談社

兵《へい》諫《かん》

目次

装幀 岡田ひとみ實(Fieldwork)
写真 Getty Images

兵諫《へいかん》

プロローグ　槐《えんじゅ》の木の下で

1936年初秋
マンハッタン・アイランド

秋は突然にやってきた。

つい先日までは、タイムズ・スクウェアのフラットアイロン・ビルが本物のアイロンに見えるほどだったのに、きのうの朝にはあわてて衣替えをしなければならなかった。

幸いタイムズ・タワーの一部は独身社員のアパートメントになっているので、ウールのズボンにアイロンを当てるくらいの時間はあった。

僕らはウォール街の銀行員やトレーダーたちのように、ラッシュアワーの地下鉄やバスで通勤する必要はなく、ただ背広に着替えて帽子を冠《かぶ》り、エレベーターでオフィスに降りればいい。

もっとも、マンハッタン・アイランドでは珍しくもない方式である。林立するタワーがオフィスだけで埋まるはずはなく、もともと職場と住居を一体化するために、高さ何百フィートものビルディングを設計したのだと思う。

そのことに気付いてから、僕はエレベーターで通勤し、社員食堂で朝食を摂《と》ることをやめた。午前九時に檻《おり》の中に引き出され、午後五時になるとバックヤードに戻って眠る、セントラルパークの動物園の獣たちとどこもちがわぬように思えたからだった。

エレベーターに乗ったなら、途中のオフィス・フロアで降りる獣たちを尻目に迷わず一階に向かう。

それから四十三丁目でホットドッグとコーヒーを買い、地下鉄の通勤者たちに混じって朝食をすませる。たとえ路上の立ち食いでも、そのほうがよほど人間的だし、まして忙しいニューヨーカーらしいと思うからである。あるいは、いくら忙しいニューヨーカーでも人間的生活の限度はここまで、と言うべきだろうか。

そうして僕は、いかにも所帯持ちの通勤者のような顔をして、タイムズ・タワーに戻り、ふたたびエレベーターに乗って出勤する。

「おはよう、ジム。おや、結婚したのか」

週に一度は誰かがそう訊《たず》ねてくる。むろん皮肉である。僕が四十三丁目の路上で、毎朝ホットドッグを食べていることは、通勤者ならば誰だって知っている。つまり、おしなべて優秀なニューヨーク・タイムズの社員たちは、僕の胸のうちを見すかしたうえで、たとえ大雪の朝でもその日課を守り続ける僕を、「頑固者」もしくは「偏屈者」と蔑《さげす》んでいるのである。

僕は答える。

「ホットドッグが好きなだけさ」

その回答の虚実が、僕にはわからない。頑固で偏屈な気性であることは認めるにしても、心ない仲間たちが蔭で囁《ささや》くような、「嘘つきジム《Liar Jim》」ではない。

僕は、僕自身のリベラリズムに忠実なだけだ。ジャーナリストとしてのリベラリズムに。合衆国市民としてのリベラリズムに。

オフィスに入って朝刊に目を通していると、壁掛けのスピーカーからキャップの濁声《だみごえ》が響いた。

「ジェームス・リー・ターナー君。すぐに来たまえ」

みんなが笑った。キャップはやたら部下を呼びつける癖があるが、簡単な用件のときは「ヘイ、ジム。ちょっとこい」と軽い口調で言う。つまり、朝っぱらからろくでもない話なのである。

思い当たるミステイクはなかった。僕の最も重要な仕事は、外信部に入った中国語テレグラムの翻訳だが、原稿の出来映えに文句をつけることのできる社員はいない。むろんキャップは中国語などからっきしだった。

「おはよう、ジム」

肥えた赤ら顔をほころばせ、みずからオフィスのドアを開けてキャップは僕を迎えた。叱言《こごと》ではないとわかって少しほっとした。

脂《あぶら》じみたメガネ。ボウ・タイ。サスペンダー。アームカバー。サンバイザー。

まったく、このまんま自然史博物館の標本にしたいぐらいのオフィス・ワーカーだ。

「悪い話じゃないようですね、キャップ」

来客用のソファに腰を下ろすと、キャップはガラスの仕切りごしに給仕を呼んだ。じきに熱いコーヒーが運ばれてきた。

マンハッタン・アイランドは建築ラッシュで、僕らはクレーンの唸り声やリベットを打つハンマーの悲鳴の中で仕事をしている。

キャップが窓を閉めると、喧噪が遠ざかった。

「ばかばかしいと思わんかね」

パイプの吸い口を嚙んだままキャップが言った。

「ハドソン川とイースト川の向こう岸にはいくらだって土地が余っているのに、どうしてこのちっぽけな島にこだわるのか」

僕もシガーをつけた。

「そりゃあ、キャップ。地下鉄や車で横に移動するより、エレベーターで縦に移動するほうがらくちんだからですよ」

少し考えるふうをしてから、キャップは苦笑してパイプの柄《え》を僕に向けた。

「君もらくちんだね」

答えは用意してあった。

「楽をしようと思って、ニューヨーク・タイムズに入ったわけではありません」

僕が入社した一九三〇年に、レキシントン街のクライスラー・ビルが竣工した。ところがその翌年には、ライバルのゼネラルモーターズが威信をかけて、クライスラーより二〇四フィートも高いエンパイヤ・ステート・ビルを五番街に完成させた。以来六年、ばかばかしい時代はずっと続いている。あの世界恐慌など悪い夢だったとでも言わんばかりに、天をめざす高さと見た目の豪華さだけを競い、しかしその中身はほとんどがらんどうのタワーが、際限なく増殖してゆく。

僕が大学の研究室を辞めてニューヨーク・タイムズに就職したのは、奨学金の返済猶予期間が切れたことが主たる理由だが、そのばかばかしい時代の空気に煽《あお》られたせいもあった。

ニューヨークから七十マイルも離れていて、十八世紀初頭のまま時間を止めている、それこそ勉強でもするほかはない大学の蔦《つた》のからまる窓からも、摩天楼のまぼろしが見え、槌音《つちおと》が聴こえてくるような気がしたのである。

僕の専門知識は経済的繁栄とは無縁だった。それでも、このブームに乗り遅れてはならないと思った。

中国語を生かしてマンハッタンのどこかしらで働くとしたら、チャイナタウンのウェイターくらいのものだろうが、それではブームに乗ったとは言えないし、奨学金の返済もできない。そうこうするうちに寮費の納入期限が過ぎ、一週間後には退去通告を受け取った。

そうしたのっぴきならぬ事情を、誰にも打ちあけられなかった僕は頑固者だった。もっとも誰に相談したところで、日ごろから何の付き合いもない偏屈者の悩みを、親身になって聞いてくれる人はいなかっただろうが。

そんなある朝、ニューヨーク・タイムズの紙面の片隅に、目を疑うような求人広告を発見したのである。

中国語通訳兼翻訳者。年齢学歴経験不問。ただし合衆国国籍を有する者。

まさしく神の恩沢《おんたく》としか思えなかった。また一方では、こんなにもお誂《あつら》え向きの話ならば、きっと採用者はお早い者勝ちで決まるにちがいないと思い、着替えだけをすませてニューヨーク行きの列車に飛び乗った。

そして、今よりはいくらか若かったこのキャップの面接を受けて、即日採用となった。あんがいのことに、僕の後にも先にも就職希望者はいなかった。

ところで――用件は何なのだろう。けさのキャップは妙に上機嫌である。いつもならば顔を合わせたとたん、マシン・ガンの叱言を浴びせかけるのに、ドアを開けて僕を迎え、コーヒーを注文し、のみならずどうでもいい呑気《のんき》な会話をかわした。

「きょうは忙しいかね」

さりげなくキャップは言った。

おいでなすった。何か厄介《やっかい》な仕事を押しつけるつもりだろう。

忙しいと言えば忙しい。僕にはテレグラムの翻訳のほかに、上海《シャンハイ》支局から船便で送られてくる現地新聞の完訳という、増え続けるばかりで永遠に終わることのない仕事がある。そしてその仕事が終わらずに増え続ける理由は、僕の能力のせいではなくて、中国語の記者会見や中国人へのインタビューのたびに、僕が必要とされるからだった。

まったく、ニューヨークの中国人と言ったら、三度の食事が中華料理でなければならないのと同様に、徹頭徹尾中国語しか話さないのである。

「きょうあすという、緊急の案件はありませんが」

そう答えるほかはなかった。中国語の入電だけならば、助手でも用は足りる。

するとキャップは、満足げにひとつ肯《うなず》いたあと、パイプをくゆらせながら思わせぶりに僕を見つめた。

「だったら、これから墓参りに行ってほしい」

「墓参り《ヴィジット・ア・グレイブ》?」

「そうだよ。前々から墓参りがしたいって言ってたじゃないか」

僕はシガーを揉《も》み消し、プレゼントを貰った子供みたいに手を叩いた。「墓参り」が中国出張の隠語であることを思い出したからだった。この数年、僕はずっと中国への出張か配転を希望していた。

「おめでとう、ジム」

僕は差し出されたキャップの手を握り返した。

「ありがとうございます。夢が叶《かな》いました」

「何か問題はあるかね」

僕はあわててかぶりを振った。夢にまさる問題など、あるはずはなかった。しいて上げれば僕の後任だが、めったなことを言って夢が立ち消えになったのではたまらない。たぶんキャップは、お調子者の助手を買い被っているのだろうが、知ったことか。

「墓の場所はわかるか」

「トリニティ・チャーチですね」

「そう。槐《えんじゅ》の木の下だ」

チャイニーズ・スカラー。それがどんな樹木なのかは知らないが、僕の心は痺《しび》れた。

ロウアー・マンハッタンの三位一体教会《トリニティ・チャーチ》を訪ねたのは、証券取引所が閉まってウォール街の喧噪も静まった午後三時過ぎだった。

朝方の秋空など嘘《うそ》のように、頭上は霧に蓋《おお》われていた。どのビルディングも中層階から上は、気まぐれに白いドレスの裾《すそ》を翻《ひるがえ》す踊子の脚のように、ハドソン川からイースト川へと流れる霧の中に見え隠れしていた。

その古い教会は、かつてマンハッタンで最も高く、少くとも十九世紀の末まではランドマークとされていたらしい。しかし今では船の上からはおろか、ブルックリン橋の上からも見えないだろう。たった三十年の間に、摩天楼の峡谷の底に沈んでしまったのである。

ただし、ウォール街の突き当たりのブロードウェイに建っているので、東から西へと歩いて行けば、ありがたいほど真正面にゴシック様式のファサードを望むことができる。周囲の摩天楼がその角度からだけは岩山にも城壁にも見えず、トリニティ・チャーチを飾る額縁のように見えるのである。

僕は黴《かび》臭い外套《がいとう》の襟《えり》を立てて、まるで巡礼者のようにウォール街を歩いた。

歴史の浅いアメリカ合衆国は、伝統をことさら重んじる。のみならず、伝説をも作りたがる。それほどの昔話ではなくとも、まるで太古から語り継がれた神話のようにうやうやしく。

もちろん、創刊八十五周年を迎えたニューヨーク・タイムズの伝統は誇らしく、またその間にはさまざまの伝説が生まれた。

中国に赴任する特派員は、必ずトリニティ・チャーチの墓所に詣《もう》でて、英雄に敬意を表し、自らの使命を全《まっと》うすべく誓いを立てなければならない。

僕の知る限り、その伝説はこうしたものである。

英雄の名は、トーマス・エリオット・バートン。テキサス生まれで、給仕から叩き上げた記者だった。

彼は三十年以上も中国に滞在し、清朝末期の情勢をニューヨークに向けて発信し続けた。光《グァン》緒帝《シュディー》の親政も西太后《シータイホウ》のクーデターも、義和団戦争《ボクサー・リベリオン》も辛亥革命も、すべては彼のもたらしたニュースだったことになる。

それにしても、三十数年にわたる同一地域への赴任など、ほかに例がないだろう。言語と習慣の壁が厚すぎて、交替要員が見つからぬうちに歳月が経ってしまった、というところか。昔ならばあってもよさそうな話ではある。

トーマス・バートン氏はかの地で殉職した。中華民国の未来を担うはずだった宋教仁《ソンジァオレン》が、袁世凱《ユアンシィカイ》の放った刺客に暗殺されたとき、その体に被いかぶさって楯《たて》となったのだった。そして、英雄となった。

だが、ニューヨーク・タイムズに限らず「伝統を誇る」会社ならば、その種の英雄譚《たん》には事欠くまい。なにしろアメリカ人はみな、不足している歴史を作り出そうとやっきになっているのだから。

宋教仁の遭難は記憶にない。僕は幼く、かつ家は貧しく、そして何よりも一九一三年といえば世界大戦勃発の前年で、中国情勢がニュースになる隙間はなかった。

それでも特派員が犠牲になったのなら、少くともニューヨーク・タイムズは紙面をさいたはずだが、そもそも僕の父母には新聞を読む習慣がなく、というより読み書きがほとんどできなかった。

父はハドソン川の大埠頭《おおふとう》で働いていた。およそ白人ではこの下がなかろうと思える荷担ぎ人夫だった。酒が入ると、歌も唄えず自慢話もないものだから、世界一の埠頭をまるでわがもののように語った。

「長さは一〇五〇フィートもあって、どんなばかでかい船だろうとウェルカムさ」

やがてその大埠頭を縦にしたよりもっと高いビルディングが建つなんて、父は想像していなかっただろう。

アメリカは一九一七年に参戦した。大動員がかかり、若い時分に兵役をおえていた父はまっさきに徴兵されて、一年も経たぬうちに戦死した。

　十歳だった僕には前後の記憶がない。ある朝、何の前ぶれもなく訃報がもたらされたのだった。

　立派な軍服を着た陸軍将校と下士官が、古倉庫を改造したトライベッカのアパートメントにやってきて、沈痛におごそかに、父が合衆国の英雄になったと告げた。

　理解力に劣る母は、父が戦場で手柄を立てたと思ったらしく、嬉々としてこう言った。

「それで、ご褒美《ほうび》がいただけるんですね」

　僕は母の腕を摑《つか》んで揺すり立てた。

「そうじゃないよ、ママ。悲しい報せなんだ」

　父が戦死したのは、フランスのアルゴンヌというところだった。優勢なドイツ軍を相手に、勇敢に戦って死んだそうだ。だが、それは軍が仕立ててくれたストーリーであることを、僕は戦後しばらくして知った。

　同じ埠頭で働いていた戦友が、無事に復員して伝えてくれたのである。父はドイツ兵の顔も見ぬまま、むろん一発の弾丸も撃たぬまま、戦場に蔓延《まんえん》していた伝染病に冒《おか》されて死んだのだった。終焉《しゅうえん》の地はアルゴンヌの森ではなく、パリ市内の病院だった。

　どうして陸軍は嘘をついたのだろうと思った。ドイツ兵と戦って死ぬよりも、病院のベッドで死ぬほうがずっとましだろうに。

　理屈はわかる。だが今でも、父の死にまつわる僕の考え方は変わらない。

それでも父が英雄になってくれたおかげで、僕の人生は変わった。

軍からの見舞金はわずかなものだったが、戦死者の遺族には慈善団体からの救恤金《きゅうじゅつきん》がしこたま寄せられた。金持ちだらけのニューヨークに生まれ育った僕は幸運だった。田舎《いなか》町ならそうは行かないだろう。だが僕のふるさとには、ロックフェラーやらモルガンやらアスターやらといった、神にかわって福音を授けてくれる財団がいくつもあった。

僕は父が「戦死」してくれたおかげで、父の仕事を引き継がずにすんだ。のみならず「英雄の遺児」として優遇され、裕福とは言えぬまでも本来ならばけっして受けられるはずのなかった教育を授かった。

進学に際しては、誰もが陸軍士官学校《ウエスト・ポイント》を待望していた。英雄の子ならば当然だとでも言わんばかりに。戦争未亡人の母ですらも。

だが僕は周囲の期待を裏切って軍人になる道を拒んだ。思想や信条によるわけではなかった。僕のような根っからの貧乏人には、そもそもそうした立派な考えを抱く余裕などない。

ウエスト・ポイントに入校すればそのとたんに、生活費の支援も奨学金も打ち切られる。軍人として衣食住のすべてが供与されるからである。すると、僕に対する義援金でどうにか生きていた母は、たちまちアルコールを乾《ほ》されて死んでしまうと思った。禁酒法の時代ですら闇の酒を切らさなかった母は、筋金入りのアルコホーリックだった。

しかしそんな理由を、財団の相談員に打ちあけられるはずはない。そしてまずいことに、「英雄の遺児」は軍人になるものだと思いこんでいる相談員は、ウエスト・ポイントに進むための必須要件とも言える議員の推薦状まで用意していたのだった。

　いよいよ進路を決定する面談の席で、僕は進退きわまって口から出まかせの嘘をついた。

「中国について学びたい」と。

　財団の援助を受け続けるためには、ウエスト・ポイント以外の大学に進まねばならなかった。なおかつ、陸軍将校という既定の未来を覆《くつがえ》すためには、具体的なプランを提示しなければならなかった。

　奨学生のアドバイザーというより、財閥家の執事とでも言ったほうがいい風采の相談員は、口髭《ひげ》を逆立てんばかりに驚いた。

「ロマンチックな中国趣味《シノワズリ》なら、いささか時代遅れだと思うが」

　僕は怯《ひる》まなかった。思いつきだろうが口から出まかせだろうが、ここが人生の岐路だと確信したからである。

「いいえ。将来の合衆国にとって、中国は重要な存在になると思います。その日のために、中国語と中国の歴史について学んでおきたいのです」

「日本のまちがいでは？」

「いえ、中国です」

　少しでも引きさがればウエスト・ポイントに押し込まれると思った。それは無知で病弱でアルコホーリックの母を、わが手で殺すに等しかった。

　つまり、もうしばらく援助を受けることができれば、学ぶべきものは何でもよかった。とっさに「中国」と言ったのは、相談員が勘を働かせた通り、ロマンチックなシノワズリだったのかもしれない。僕の生まれ育ったトライベッカの倉庫街から、キャナル通りを東に数ブロック歩いたチャイナタウンは、まるで夢の中のような異界だった。見慣れぬ色彩と耳慣れぬ音楽に満ち、おいしい匂いに鼻を蠢《うごめ》かせて膝《ひざ》を抱えていれば、人の好さげな店主が頬《ほお》の落ちるほどうまい饅頭《マントウ》をふるまってくれた。そんな記憶が、とっさの嘘になっただけだった。

むろん僕の頭の中には、儒教《コンフューシャニズム》も道教《タオイズム》もなかった。ただ、合衆国と同じくらい広大な国土と、気の遠くなるほどの長い歴史を持つ国だということしか知らなかった。

相談員はあからさまに困惑し、一週間後にふたたび来るようにと言った。

トライベッカのアパートメントに帰る気にはなれず、セントラルパークをあてどなくさまよい歩いた。僕は「英雄の遺児」であるうえ、ハイスクールでの成績はすこぶるよかった。だから相談員を始めとする財団の人々は、僕を特別視していたと思う。その僕が、ウエスト・ポイントへの進学を拒否した。

ペーブメントを歩きながら考えた。どうして「中国」なのだ、と。法律でも経済学でも医学でも、生活の支援を受け続けることができれば何でもよかったのに、なぜ「中国」などと言ってしまったのだろう。

実はいまだによくわからない。何かしら見えざる力が働いて、僕の胸の中のロマンチックなシノワズリを、確たる志《アンビション》に変えてしまった。

一週間後に思いも寄らぬ回答を受け取った。口から出まかせの僕の希望が容《い》れられたのだ。

おそらく、法律でも経済学でも医学でも、僕の希望は叶わなかっただろう。しかし、執事のような相談員は、ほとんど軍人になる覚悟を決めて出向いた僕を笑顔で迎えるや、「君のすばらしい未来を、心から支援する」と言った。

のちになって知ったのだが、慈善団体のスポンサーである財閥は中国を今後の有力な市場と見ており、すでに上海《シャンハイ》と天津《ティエンジン》に貿易の拠点を据えて、ホテルまで経営していたのだ。もし偶然ではないとするなら、やはり何かしら見えざる力が、僕を中国へいざなったとしか思えない。

だとすると、僕はとっくに資本主義の先兵となって、かの国に送りこまれているはずなのだが、なぜかそうはならなかった。

何百人もの戦争遺児のひとりとして事務的に取り扱われたのか、それともウエスト・ポイントを拒否した腰抜けとしてみくびられたのか、あるいは青臭いアンビションなどは忘れ去られてしまったのか、卒業する段になっても財団から音沙汰はなかった。

そしてそのころには、僕も中国の虜《とりこ》になっていた。大学は伝統的に東アジア研究が盛んで、学ばねばならないことは無限にあった。僕は研究室に残った。そうこうするうちに、無定見な親孝行のせいで母は血を吐いて死に、財団から贈られた小切手のうちの、有償部分の返済猶予期間が切れ、寮費も滞納して退去通告を受けるはめになった。

きっと僕は偏屈である前に、あまりにも世事に疎《うと》いのだろう。人並に世間が見えず、ほんの目の前のことしか判断できないから、その場しのぎに暮らすほかはなく、友人も恋人もできない。

だにしても、「嘘つき《Liar》ジム《Jim》」のニックネームは心外なのだが。

証券取引所の前でタクシーを降りたのは、ウォール街がトリニティ・チャーチに向かう参道のような気がしたからである。

僕は要領が悪い。何事につけ順序通りでなければ進められない。つまり、トリニティ・チャーチに眠る英雄の墓を詣でるためには、けっしてブロードウェイに面したファサードの前でタクシーを降りてはならず、摩天楼の峡谷をしめやかに歩いて、巡礼者のようにその聖地に至らねばならなかった。僕の胸の中ではそれくらい、トーマス・バートン氏は聖者だった。

店じまいを始めていた屋台で花を買った。要領は悪いが、こんなふうにいつもタイミングがいいのは僕の取柄である。

白薔薇《しろばら》。ベルフラワー。カスミ草。店主は手際よく純白のブーケを誂《あつら》え、空の色と同じ灰色のリボンまでかけてくれた。

ブロンズの門の先はすぐにチャペルのファサードだった。扉は開いていた。オルガンの調べにも、名物のステンドグラスにも、十字架にだって用はなかったが、僕はトーマス・バートン氏の墓のありかを誰かに訊ねなければならなかった。

階段の上に黒衣の女性が佇《たたず》んでいた。背筋のすらりと伸びた、品のいい老女だった。

連れらしき人はいない。顔はベールに隠されており、レースの手袋を嵌《は》めた両手に、赤い薔薇のブーケを抱いていた。愛する夫の墓参りを欠かさぬ寡婦《かふ》ならば、トーマス・バートン氏の墓を知っているだろうと思った。

「エクスキューズ・ミー、マダム」

帽子を取って近寄った。

「何なりと」

老女は少しも怖れず諂《へつら》いもせず、階段の上から睥睨《へいげい》するようにそう答えた。

むしろ怖気《おじけ》づいたのは僕のほうだった。合衆国に金持ちはいくらでもいるが貴人はいない。老女は僕らアメリカ人が与《あずか》り知らぬ、貴族の気をまとっていた。

「トーマス・バートン氏の墓を探しているのですが、ご存じないでしょうか」

ベールの中の瞳が、僕を睨《にら》みつけた。やはり庶民が物を訊ねるような人ではないのかと思ったが、そうではなかった。

「存じておりますが、あなたはどなた」

老女はあくまで尊大に言った。そこで僕は、自分がニューヨーク・タイムズの記者で、尊敬する先輩の墓参りに来たのだと、できるだけ話を要約して自己紹介をした。

それでも手を差し出すのはためらわれた。すると老女は、そのためらいを救うように、黒い手袋を嵌めたままの右手を僕の目の上に伸ばした。しかも、手の甲を上にしたまま。

貴族的な儀礼では、うやうやしく片膝をついてくちづけをするのだろうか。だが、まさかそんな心得のあるはずもなく、僕は老女の手を下から掬《すく》い上げるように軽く握った。

ベールの中の黒い瞳に僕は蠱惑《こわく》された。

「ようこそ、ミスター・ターナー。夫はさぞかし喜ぶことでしょう」

亡き夫の墓参りを欠かさぬ寡婦。僕の勘は当たっていた。ただし、彼女がトーマス・バートン氏の妻だという奇跡を除いては。


ネオ・ゴシックの礼拝堂を囲む墓地の奥の、陽当たりが悪いせいで育ちそこねた槐の木の下に、トーマス・エリオット・バートンは眠っていた。

彼がニューヨーク本社に勤務していたころ、ここはロウアー・マンハッタンの一等地だったにちがいない。だが今は高さ四百フィートのビルディングに囲まれた、壺《つぼ》の底のようだった。芝生《しばふ》の上にプレートを置いただけの墓は簡素で、夫人が案内してくれなければなかなか発見できなかっただろう。

僕は湿めった芝生に片膝をついて、真紅の薔薇のかたわらに、僕からの白いブーケを添えた。

トーマス・エリオット・バートン
1855・12・24―1913・3・20
その人生は愛する中国に捧げられた
正義《ジャスティス》と良識《コモンセンス》
そして　ほんのすこしの嘘

僕はしばらくの間、祈ることも忘れて墓碑銘を見つめていた。そのわずかな文字には、数巻の書物にもまさる物語がこめられているように思えたのだった。

一八五五年のクリスマス・イブにテキサスの片田舎で生まれた彼は、その五十八年後に上海《シャンハイ》で死んだ。伝説の通りに。

正義と良識。それは彼の信条とするところだったのだろう。尊敬すべき人だ。たしかにそれさえあれば、ジャーナリストにはほかの何もいらないから。

僕が考えあぐねたのは、最後の一行だった。

「ほんのすこしの嘘《Just a little lie》」。それは、さきの信条よりももっと明らかに、彼の人生を語っているような気がした。

墓碑銘を見つめたまま、僕は老女に訊ねた。

「意味がわからないのですが。正義と良識を信条とする人は、嘘をつかないでしょう」

少し間を置いて、静かな声が返ってきた。

「夫の伝えた真実は、しばしば都合よく書き換えられましたの」

「たとえば？」

「万民の敬愛する人が悪女になったり、救国の英雄が悪漢にされたり」

さらに問いつめる勇気を、僕は持たなかった。どれほどリベラリズムを掲げようと、部数を伸ばすためには記事を面白《おもしろ》おかしく、また国家と国民の利益となるようそれなりに解釈するのは、ジャーナリズムの体質だからである。

正義と良識。そして　ほんのすこしの嘘。墓碑銘に刻まれた言葉の意味を僕は知った。

「おかげで中国の知識人からは、『嘘つきトム《Liar Tom》』と呼ばれておりましたの」

僕は合掌した。トーマス・バートン氏の時代に比べれば、ニューヨーク・タイムズもずいぶんマシになっただろうが、やはり僕も「嘘つきジム」だった。

ニューヨーク・タイムズにおける僕の仕事はあくまで翻訳であり、ベテランの外信部員が記事に誂えたうえ、さらにキャップが念入りな修整をする。だが、国際事情に精通している仲間たちが「嘘つき」と呼ぶのは、日ごろから軽侮している僕ひとりだった。

中国に赴任すればたちまち僕は、異議も唱えられず抗弁もできない、「嘘つきジム」になってしまうだろう。

それでもかまわない。

音楽のような言葉。絵画のような文字。優雅な所作。山海の珍味。香りたつ茶。瑠璃《るり》色《いろ》の瓦《かわら》。胡同《フートン》の迷路。そうしたあこがれの世界に暮らすことができるのなら。

「ご出発は、いつかしら」

僕はようやく立ち上がって、ロウアー・マンハッタンの小さな空を見上げた。

「まだわかりません。でも、なるべく早く」

「幸運を」

ベールごしの黒い瞳は、いささかの遠慮もなく僕を見つめていた。

「あなたは、中国人ですか」

僕も無遠慮に訊ねた。彼女の英語の発音は完璧で、立ち居ふるまいも垢抜けていた。のみならず僕の知る華僑の夫人や亡命者たちとは、あまりに印象を異にしていた。

慎《つつま》しやかな寡婦の口元をわずかに綻《ほころ》ばせて彼女は名乗った。

「うっかりしておりました。チャン・ショウアンと申します」

中国人は結婚しても夫の姓を名乗らない。つまり彼女は「ミセス・バートン」ではなく、「ミセス・チャン」なのだ。そんな当たり前の慣習に僕は感動し、また同時に頭の中で、その発音にふさわしい漢字を選び出した。張寿安。たぶんまちがいはない。美しい名前だと思った。

「でも、ミスター・ターナー。厳密には中国人ではございませんの。よって、チャン・ショウアンも本名ではございません」

僕は槐の樹下に佇む彼女をしげしげと見た。黒衣の裳裾《もすそ》が芝生に触れていた。東洋人にしては背が高く、ベールに包まれた顔も小造りで、鼻筋が通っていた。

「本姓は愛新覚羅《アイシンギョロ》。満洲族《マンチュリアン》でしてよ。では、ミスター・ターナー。あなたに神のご加護を」

それだけを言うと、老女はどこの国の儀礼かもわからぬ雅《みや》びな動作でわずかに片膝を屈め、まるで風景に溶け入るように立ち去ってしまった。

夢でもまぼろしでもないことには、足元の墓石に赤と白の薔薇の花束が捧げられていた。

トリニティ教会を繞《めぐ》る摩天楼は、流れる雲の中に見え隠れしていた。

僕はしみじみと思った。僕を生み、僕を育んだこの大都会は、どうしてこうまで僕に無関心でいられるのだろう、と。

第一章　死刑囚の沈黙

1

昭和十一年秋
東京

通牒

死刑囚ニ対スル面会人ノ状況
昭和十一年十月十九日

憲兵司令官　中島《なかしま》　今朝吾《けさご》

陸軍大臣　寺内《てらうち》　寿一《ひさいち》殿

於　東京衛戍《えいじゅ》刑務所内面会所
制限時間　同日十三時ヨリ三十分間
死刑囚　村中《むらなか》　孝次《たかじ》　元陸軍歩兵大尉
面会人　志津《しづ》　邦陽《くにあき》　陸軍歩兵大尉　上海派遣軍司令部付

二《にい》・二六叛乱《にいろくはんらん》事件死刑確定者ニ対スル面会ハ近親者ニ限リ許可セラル規定ナルモ　同日十一時陸軍省通達ヲ以《もっ》テ例外ト認メ実施セラレタリ

立会人　刑務所長及ビ将校監房看守長

志津大尉ハ昭和四年陸軍刑法違反ノ罪状ニヨリ禁固六月《ろくげつ》ニ服スモ　今般叛乱事件ニハ関与セズ但《ただ》シ事件ノ首魁《しゅかい》タル村中孝次元大尉　同香田清貞《こうだきよさだ》元大尉ハ陸軍士官学校三十七期ノ同期ニシテ交誼《こうぎ》アリ　且《か》ツ　同首魁栗原安秀《くりはらやすひで》元中尉　丹生誠忠《にうまさただ》元中尉等ハ原隊歩兵第一聯隊《れんたい》ヲ同ジクシ面識アリシカ　尚《なお》　右元将校等ハ　村中孝次及ビ磯部浅一《いそべあさいち》元一等主計ヲ除キ　去ル七月十二日死刑執行セラレタリ

十三時　志津大尉入室　同〇三分村中入室　両名共　先《ま》ヅ立会人ニ敬礼後　相互ニ敬礼ス　志津大尉ハ通常軍装　軍刀拳銃ハ留置ス　村中ハ獄衣　机ヲ挟ミ着席　志津大尉ハ書記ニ向ヒ「面倒ヲカケマス」ト言フ　以下　死刑囚ト面会人ノ対話及ビ状況ヲ録取ス

村中　マサカ貴様ガ来テクレルトハ思ハナカツタ　ビツクリシタヨ

志津　俺モマサカ面会ガ叶フトハ思ハナカツタ

村中　サテハ御父上ガ手ヲ回シテ下サツタカ

志津　ソレコソマサカダ　俺ハ勘当サレタママダカラナ

（志津大尉ノ父上ハ退役陸軍少将ナリ）

村中　イヤ失敬　ナルホド考ヘテミレバ　将官ノ倅《せがれ》達モ銃殺ヲ免《まぬか》レナカツタ

（憲兵隊註記　七月十二日死刑執行セラレタル元将校十三名中　陸海軍将官ノ父若《もし》クハ祖父ノアル者六名ヲ算《かぞ》フ）

志津　将軍ノ子ダカラムシロ免レナカツタ　軍隊ハ公平ダナ

村中　サウシタ連中ヲ選ンデ同志ニ引キ入レタト言フ噂《うわさ》モアルガ　ソンナコトハナイヨ　貴様ハ分カツテクレルダラウ

志津　良ク分カル　軍人ノ子ハサウイフ風ニ育テラレル　マシテ将軍ノ倅ガ国ヲ憂フルノハ当然ダ

村中　タマタマ俺ヤ磯部ヤ安藤《あんどう》ナド　当リ前ノ家ノ倅ガ将軍ノ倅達ヲ率《ひき》ヰル図ニナツテシマツタ

志津　タマタマデハナイヨ　ソノアタリモ俺ニハ良ク分カル　軍人ノ子ハ純粋培養サレテヰルカラ　情熱ハアツテモ理論ガナイ　貴様ヤ磯部ヤ安藤ガ　ソレヲ与ヘタノダ

（村中ハ立会人ヲ気ニスル様子　志津ハ些《いささ》カモ動ゼズ）

村中　オイオイ　滅多ヲ言フナヨ

志津　構ハン　今サラ己ノ立場ナド如何《どう》デモ良イ　保身ニ汲汲トスル位ナラ端《はな》カラ面会ニナド来ヌ

村中　相変ラズ向フ見ズナ奴ダ

志津　貴様モモウ誰ニ遠慮モイルマイ　言ヒタイ事ハ何デモ言フガイイサ

村中　アア　サウ言ヘバ貴様モ此処《ここ》ニ放リ込マレタコトガアツタナ　例ノ治安維持法反対ノ怪文書デ

志津　（指折リ算ヘ）七年前ダ　早イモノダナ　何ヤラ懐シイ気ガスルヨ　アノ一件ガナケレバ俺ハズツト歩一《ほいち》ニ居テ皆ト一緒ニ蹶起《けっき》シテヰタカモ知レヌ

村中　ハヤマツタナ

志津　運命ト言フ奴ダラウ　ムシロ俺ハ適時適切ナ行動デアツタト思ツテヰル

村中　確カ禁固六月ダツタナ

志津　六月務メテ　放免後ハ満洲ニ飛バサレタ　誤解サレヌ様言ツテオクガ　俺ハ反省モ改悛《かいしゅん》モシテ居ラヌヨ

村中　分カラヌナ　貴様ト言フ奴ハ

志津　分カラセル為ニハ　時間ガ足ラヌ

（両名トモ暫時沈黙ス）

村中　バツタリ会ツタナ　イツダツタカ偕行社《かいこうしゃ》ノ前デ

志津　アアサウダツタ　満洲国建国ノ年ダカラ昭和七年ノ正月ダ　参道ノ茶店デ汁粉ヲ食ツタ立川《たちかわ》飛行場カラ新京《しんきょう》行ニ乗ルノデ時間ガナカツタ

村中　俺ハ俺デ　アノ頃ハ尾行ガツイテヰタカラナ　貴様ヲ巻キ込ミタクナカツタ

志津　サウダツタノカ　ヤハリ運命ト言フ他ハナイネ　確カ陸大ニ受カツタト言ツテキタ

村中　左様　軍隊ハ公平ダ　尾行ガツクヤウナ問題児デモ　試験ノ成績ガ良ケレバ合格スル

志津　貴様ハ屹度《きつと》　上カラ軍ヲ変ヘテクレルト思ツテヰタ

村中　済マヌ　サウ思ツテ大学ニ進ンダノダガ　待チ切レナカツタ

（再ビ沈黙ノ後　志津大尉机上ニ身ヲ乗リ出シテ叱《しか》ル様ニ言フ）

志津　貴様　磯部ニ引キズラレタノダラウ　サウトハ言ヘマイガ俺ニハ分カルゾ

村中　左様ナ事ハナイ　俺ト磯部デ他ノ者ヲ引キズツタト言ヘバ中《あた》ツテヰル

（憲兵隊註記　磯部浅一ハ陸士三十八期　後ニ主計科ニ転ズ　村中磯部両名ハ昨昭和十年「粛軍ニ関スル意見書」ヲ配布シ免官）

志津　他ノ者ガ処刑サレテ　磯部ト貴様ガ残サレタ　残酷ナ話ダ

村中　北一輝《きたいっき》先生　西田税《にしだみつぎ》サン　ソレト真崎《まざき》閣下モ収監サレテヰル　三名トモ事件ニハ関係ナイガネ　関係アリトスル為ニ俺ト磯部カラ供述ヲ引キ出スツモリダ

志津　弁護人ナシ　非公開　上告ナシ　マルデ暗黒裁判デハナイカ　マヅハコノ裁判ノ有リヤウニツイテ抗議ハシナカツタノカ

村中　戒厳令下ハ戦地ト同シダカラ　サウイフ次第ニナルサウダ　ヨツテ事件ノ原因ヤ動機ニツイテハ陳述サセズ　事実審理ノミニ終始シタ　俺ハ裁判官ニ「ナゼカクモ急グノカ」ト問ウタガ　結局ハ叛乱罪ト言フ型ニ入レラレテシマツタ　要スルニ　サツサト片付ケネバ世論ノ同情ヲ喚起シ　マタ何ガ起キルヤモ知レヌカラ急イダノダラウ　戒厳令下ハ戦地ト同シダト言ツテシマヘバソレマデダガネ

志津　治安ヲ維持スル為　サツサト済マセルカ　到底法治国家トハ思ヘヌ

村中　命ハ捨テテヰルカラ惜シクモナイガ　陳《の》ブルベキ事ヲ陳ベラレヌノハ無念極マル　俺ニ対スル訊問ハ　タツタ二日半　時間ニシテ十時間タラズ　磯部モソノ程度　他ハモツト少イ　ソレデ民間人モ含メ十七名ガ死刑トハ　タトヒ戦地ノ叛乱デモ有リ得ヌダラウ　虐殺ダヨ　コレハ

志津　重臣タチヲ問答無用ニ虐殺シタノダカラ　裁判モ問答無用デ銃殺ト言フ論理ダナ

村中　左様　少クトモサウ言フ風ニ世論ヲ誘導スルハ可能ダラウ

（両者再ビ黙ス　立会人会話ヲ促ス）

所長　三十分間ノ制限ガアル　時間ヲ無駄ニセヌ様　コレデ良イト言フノナラ　面会ハ打チ切ルガ如何《いかが》

村中　（頭ヲ下ゲ）オ心遣ヒ有難ウゴザイマス

志津　（同）有難ウゴザイマス　デハ遠慮ナク続ケマス　言ヒタイ事ガ山ホドアツテ　整理ガツカヌノデス

村中　自分モ同様デス　彼ガ面会ニ来ルナド考ヘテモオリマセンデシタノデ

志津　（笑ヒナガラ言フ）七月十三日ノ新聞ニ　昨日死刑執行サレタトアツタ　貴様ト磯部ノ写真モ載ツテヰタヨ

村中　ソレハ知ツテヰル　誤報ダツタノカ　或イハ二人共ヤツタ事ニシタノカハ知ラヌガネ　女房ガ死体ヲ引キ取リニ来テ仰天シテヰタヨ（大笑ス）

志津　ダガ笑ヒ事デハ済マサレヌナ　奥方ハ二度辛イ思ヒヲナサレル

（村中　消沈ス　志津大尉　励マサントスルモ　立会人「体ニ触レテハナラヌ」ト注意ヲ促ス）

志津　（立会人ニ向ヒ）申シ訳アリマセン　悪クアリマシタ

村中　心配スルナ　俺ハ大丈夫ダ　ソレヨリ俺ト磯部ガ残サレタ理由ダガナ

志津　分カツテヰルトモ　北先生ト西田サンヲ死刑ニシタイノダラウ

村中　西田サンハトモカク　北先生ハ関係ナイヨ　俺タチガ勝手ニ先生ノ思想ニ心酔シタ　先生ハ社会主義者ト言ヘルガ　決シテ共産主義者デハナイ　ダガ　アカト決メツケテ　国体ヲ脅カス危険人物トシテ殺サネバナラヌノダ　ダカラ手間ヲカケテ罪ヲデッチ上ゲル　ソノタメニハ俺ト磯部ノ供述ガ必要ナノデ　殺サナイ　一般ノ裁判デハ死刑ニデキヌ思想犯モ軍法会議ナラバ叛乱罪ノ首魁トシテ処刑デキル　法治国家ノ抜ケ穴ダ

志津　戦ヘヨ　村中

村中　ムロン戦フ　磯部モ戦フ　シカシコノ裁判ハ結論アリキナノダ　殺スベキ人間ヲ殺ス為ニ取調モ裁判モ進行スル

志津　シカモ　弁護人ナシ　非公開　上告ナシノ暗黒裁判ダ　判決言渡シガ七月五日　死刑執行ガ七月十二日　家族ト別レヲ惜シム間モナカツタラウ

村中　幸カ不幸カ　俺ニハソノ時間ガ与ヘラレタ　サツサトヤラレタヤツラニハ申シ訳ナイガ

（志津大尉　頻《しき》リニ長靴ノ踵《かかと》ヲ踏ミ拍車ヲ鳴ラス　苛立《いらだ》ツ風ナリ　村中ハ湛然《たんぜん》タリ）

村中　オイ　志津　軽ハヅミナ真似ハスルナヨ　貴様一人デ何ガ出来ル訳デモナイ

志津　分カツテヰル　俺ハドウセ転向シタ人間ダ

村中　転向カヨ

志津　少クトモ周リハサウ考ヘテヰル　何モデキヌノナラ　思想ナド意味ガナイガネ

村中　命ハ大事ニ使ツテクレヨ　トコロデ　支那ノ情勢ハ如何《どう》カネ　ココデハ新聞モ読メヌシラヂオニユースガ洩レ聞エル位デ何モ分カラナイ

（志津大尉　立会人ノ諒解ヲ請フ）

志津　有難ウゴザイマス　（村中ニ向キ直リテ言フ）　共産軍ハ陝西《せんせい》省ノ山間ニ圧迫サレテヰル内戦モ大詰メニ思ヘル

村中　サウカ　遂ニ支那ノ統一ナルカ　蔣介石《しょうかいせき》モ悲願達成ダナ

志津　ダガ何故カ戦線ガ膠着《こうちゃく》シテヰル　大詰メガ詰マラヌ

村中　何ダネ　ソレハ　兵力ガ足ラヌカ

志津　イヤ　江西《こうせい》ノ根拠地ヲ脱出シテ遥カ陝西省マデ逃ゲタ共産軍ハ　兵力ノ九割ヲ損耗シテヰルト聞ク　シカモ国民党軍ハ　東北軍ト西北軍ノ大兵力ダ　イツデモ包囲殲滅《せんめつ》デキル

村中　東北軍カ　満洲ヲ追ハレタ軍隊ダナ

志津　左様　指揮官ハ張学良《ちょうがくりょう》

村中　アア　例ノ不抵抗将軍カ　アレデハイカンダラウ　男前ダガネ

志津　明治三十四年ノ生マレダヨ

村中　何ダ　俺達ト変ハランヂヤナイカ　二ツ上ダナ　日本ノ将校ナラ少佐カ大尉　分カランネ支那ト言フ国ハ

志津　軍閥ノ領袖《りょうしゅう》ダ

村中　不抵抗将軍ハ勝チ戦モヤラヌ　トイフワケカ

志津　イヤ　内戦ヲ停止シテ共産軍ト連衡《れんこう》シ　日本ト戦フ　サウ考ヘテヰルラシイ

村中　オイオイ

志津　信ジラレヌカ　特務機関員ノ情報ダゾ

村中　冥土ノ土産《みやげ》ニハ重過ギル

志津　張学良ヲ舐《な》メテハナラヌ　彼ヲ腰抜ケノヤウニ言フノハ　関東軍ト満洲国ノプロパガンダダヨ　マシテ彼ニトツテ　日本ハ親ノ仇《かたき》ヂヤナイカ

村中　ツマリ　サウシタ張学良ノ思惑ニ依《よっ》テ戦線ガ膠着シテヰルト

志津　左様　副司令官ハ楊《よう》虎城《こじょう》　西北軍ヲ率ヰテヰル　陝西軍閥ノ出身デ　人望ガ篤《あつ》イ　コノ楊ガ共産党ニ通ジテヰル　ト言フ噂モアル

村中　穏カデハナイネ　支那ハ統一ドコロカ分裂シカネヌナ

志津　張学良ハ西安《せいあん》ニ軍司令部ヲ置イテヰル　モトモト楊虎城ノ本拠地ダ　蔣介石ハ南京《ナンキン》カラタビタビ督戦シテヰルラシイガ　東北軍モ西北軍モ思フヤウニハ動カヌ　サテ　ドウナルコトヤラ

村中　貴様　コンナコトヲシテヰル場合ヂヤナカラウ　上海ニ戻レ

（村中　叱リ付ケル様ニ言ヒ　立会人　「冷静ニ発言セヨ」ト命ズ　両名暫時沈黙ス）

志津　ナア　村中　俺ハカウシテ貴様ト会ツテヰル時間ガ　余計ダトモ瑣末《さまつ》ダトモ思ハナイ　ヨ

ツテ「コンナコト」デハナイヨ

（村中　暫《しば》シ腕組シテ天ヲ見上グ）

村中　貴様　良イ奴ダナ　巻込マンデ良カッタ

志津　俺ナド役ニ立タヌヨ

（志津大尉　時間ヲ気ニス　看守長　残リ時間ヲ告グ　現在時刻十三時二十二分）

志津　一ツ聞イテオキタイ

村中　何ナリト

志津　俺ニハ此度ノ蹶起ノ目的トスル所ガ　良ク分カラナイ

（村中　姿勢ヲ正シ間髪入レズ答フ）

村中　憲法ノ定メタル国体ヲ明ラカニセネバナラヌ　現今ノ日本ハ天皇親政ニ非《あら》ズ違憲国家デアル　重臣　財閥　政党　ソレラニ利用サレタ一部ノ軍人等ガ訳ノ分カラヌ国ヲ捏《こ》ネ上ゲヨウトシテヰル　畏《おそ》レ多クモ　天皇陛下ハ左様ナ国家ノ一機関ニ貶《おとし》メラレテシマハレタ　シカシ今カラデモ遅クハナイ　我等ガ起《た》テバ　多クノ同志ガ呼応シ　陛下ニオカセラレテモ覚醒ナサレテ　明治維新ノ本義ニ立チ返ラレ　昭和維新ガ断行サレル　以上　目的デアル

（志津大尉　沈思シテ答フ）

志津　分カラナイ　イヤ　ソレガ分カラナイノデハナイ　貴様ノ言フ事ハ理念デアッテ　蹶起ノ目的デハナカラウ　観念的スギテ　具体性ヲ欠クノダ　頭ノ良イ貴様ヤ磯部ノ考ヘル事ト

ハ思ヘヌ

村中　俺達ノ使命ハ破壊ダ　ソノ後ノ建設ハ　他ノ者ノ領分デアル

志津　ソコマデノ計画ハ立ツテヰタノカ　破壊ノ後ノ受皿ハアツタノカ

村中　無カツタ　当然サウナルト思ツテヰタカラナ　俺達ハ捨石デ良イ

志津　トンダ捨石ニナツテシマツタナ　シカシソノ考ヘハ　共産革命ト同ジダゾ　疑ハレテモ仕方ナイ　ソシテ最モ肝心ノ所ダガ　上御一人《かみごいちにん》トハ申サレテモ決シテ全能ノ神デハナイ　我等トドコモ違ハヌ　一個ノ人間ニ有ラセラレル　然《しか》ラバ　大元帥陛下トシテ親率《しんそつ》ナサレル軍隊ヲ勝手ニ動カシ　ノミナラズ　親任ナサレタ股肱《ここう》ノ重臣等ヲ問答無用ニ殺サレタノデハ　昭和維新モ何モ有ルマイ

（村中　反論セントシテ得ズ）

村中　貴様　俺ニ叱言ヲ言ヒニ来タノカ

志津　違フ　今更蒸シ返ス話デモアルマイ　良イカ村中　俺ハ畏レ多クモ陛下ニ代ハツテ　面会ニ来タツモリダ

村中　言葉ガ過ギヨウ

（立会人　制限時間ヲ告グ　現在時刻十三時三十分　定刻ナリ　志津大尉無視シテ続ケル）

志津　方法ハサテオキ　貴様等ハ決シテ捨石デハナイ　時ヲ経テ御宸念《ごしんねん》ガ落着カレレバ　御聡明ナル陛下ハ必ズヤ貴様等ノ真意ヲ悟ラレル　即チ　諸君等ノ行動ハ　叛乱ニ非ズ　兵諫《へいかん》デアル

（村中　瞑目ノ後　破顔シテ言フ）
村中　何ヤラ密勅デモ頂戴シタ気分ダ
志津　サウ思ツテクレテ良イ　磯部ニモ伝ヘテクレ
（両名起立シ　立会人ニ対シ敬礼ス　村中　質問ス）
村中　イツモナラ止メラレル話ヲ　自在ニ語ラセテ戴ケタノハ妙デアリマス
所長　陸軍省ヨリ指示ガアツタ　本官ノ情《なさけ》ナドデハナイカラ　礼ニハ及バヌ
村中　面妖《めんよう》デスナ
所長　左様　面妖ダ
（死刑囚　面会人　対面シテ敬礼ス）
志津　明日立川飛行場カラ上海ニ発ツ　コレデオ別レニナルダラウ
村中　サウカ　忙シクナルノダナ
志津　何カ用事ハアルカ
村中　ナイ
志津　奥方ヤオ子サンニ伝ヘル事ナドアレバ
村中　女房ハタビタビ面会ニ来ル　娘ハ乳呑児《ちのみご》ユヱ面会ハ叶ハヌガ　写真ガ入ツテヰル
志津　デハ　帰ル　磯部ニモ宜シク伝ヘテクレ
村中　了解シタ　忙シイ所有難ウ
（両名　回レ右シテ退室　面会終了時刻十三時三十三分）

以上　死刑囚ニ対スル面会人ノ状況ニ付通牒ス

2

面会所を出ると思いもよらぬ雨であった。

空は暗鬱《あんうつ》に濁り、練兵場から寄せてくる風は硝煙の匂いがした。

処刑場は陸軍刑務所内の西北の一隅に設けられたという。明治《めいじ》神宮に隣接する代々木《よよぎ》練兵場に設置するのは畏れ多いという理由から、手狭な刑務所内に急造されたのだった。十五名の執行を三回に分けたのは、刑架が五本しか立てられなかったからであろう。

志津邦陽は老松の根方に足を止め、西北の方角を向いて挙手の敬礼をした。

去る七月十二日朝、村中孝次と磯部浅一を除く元将校十三名、および事件に関与した民間人二名の死刑が執行された。当日は早朝から銃殺刑のすべてが終わるまで、練兵場では間断なく軽機関銃の発射音が鳴り続けていたという。

執行を延期された村中と磯部は、どんな思いで銃声を聞いていたのだろうか。軍人ならば実包と空包の発射音は聞き分ける。距離も方向もわかる。

敬礼をおえたあと、思い直して軍帽を脱ぎ頭を下げた。神上がった軍人たちに対してはそうするべきだと思ったのだった。

志津に敬神の心はない。いつの間にか神も仏もないものだと思うようになった。軍隊に思い知らされた。

四年前に九段《くだん》坂の偕行社の前で、村中孝次と偶然に出会った。参道の茶店で語り合ったが、靖《やす》國《くに》神社に詣でた記憶はない。大村益次郎《おおむらますじろう》の銅像の下で右と左に別れた。陸軍将校が二人して、英霊を祀《まつ》る靖國神社に背を向けて帰るなどということがあるだろうか。

きっと村中も、日本が神国だなどという精神主義に、嫌気がさしていたのだろう。軍事学という科学を究《きわ》めていけば、そうした思想がどれほど不合理で、なおかつ危険であるかがわかるはずだからである。

しかし妙なことに、野中四郎《のなかしろう》大尉が起草し村中が筆を加えたとされる「蹶起趣意書」は、「謹ンデ惟《おもんみ》ルニ我ガ神洲タル所以《ゆえん》ハ」と始まり、「皇祖皇宗ノ神霊　冀《こいねが》ハクハ照覧冥助《めいじょ》ヲ垂レ給ハンコトヲ」で締めくくられる。「神」で埋めつくされている。

その大文章を思い出すたびに、志津は石を呑んだような気分になる。幼年学校と士官学校で、誰もが戦争に勝つための合理的な学問を詰めこまれてきたのに、「神」を語らねば何ひとつ説明できぬ日本人の精神の貧しさを感ずるのである。

西洋社会のキリスト教とはわけがちがう。日本の国家神道にはそもそも教義がないから、その実は宗教ではなく、伝統祭祀もしくは慣習である。よって他の宗教との共存が可であり、時と場合に応じてどのような形にも変容する。

しかしあろうことか、天皇の統帥大権を明記した憲法により、合理的でなければならぬ軍隊は非合理的な神性に呪縛された。

そして、その矛盾を抱えたままいくつもの戦いに勝利し、時を経るうちに、武士道だの大和《やまと》魂だのという正体のない精神性が、軍隊を被《おお》ってしまった。

すなわち、神がかりの言辞を弄《ろう》すれば軍人は格好がつくのである。蹶起趣意書にはそうした軍隊の有様が、剝き出ているように思えてならなかった。

靖國に詣でなかった村中は、明治の建軍以来わずか七十年で列強に肩を並べた帝国軍隊の、本質的に抱える自家撞着《どうちゃく》に気付いていたにちがいなかった。

「よろしいですか」

看守が急《せ》かした。

「すまない。あれこれ考えてしまってね」

あたりにはまだ、血の匂いが蟠《わだかま》っているような気がした。

衛門に向かいながら、志津大尉は若い看守に訊ねた。

「あなたは処刑に立ち会いましたか」

にべもなく看守が言った。

「職務上、お答えできません。まして自分は、増援看守であります」

「どちらから」

「四国の松山からであります」

「それはご苦労様です」

事件の逮捕者があまりに多かったので、大勢の増援看守を集めたと聞いている。おそらく情報を漏らさぬために、全国のあちらこちらから集められたのだろう。

「現役ですか」

「満期除隊ののちに召集されました。いや、看守は軍人ではないので、応召ではありませんが」

屈強な体軀《たいく》からすると、甲種合格の現役を務め上げたにちがいない。こうした任務に駆り出されるのだから、よほど成績優秀な兵隊だったのだろう。

支那情勢がただならぬ昨今、応召ではなくて幸いとしているのかもしれないが、軍機保持上おそらくは近々、いやもしかするとこのまま軍隊に戻されるとも思えた。

たがいにめったな口はきけない。二人は黙りこくって雨の中を歩んだ。

「大尉殿――」

看守が声を忍ばせて言った。

「皆様ご立派でした」

志津は足を止めずに肯いた。

「ありがとう」

天皇、と言いかけた看守の声を、志津は遮《さえぎ》った。

「けっこうです。ありがとう」

天皇陛下万歳と叫んだのだ。正座して刑架に縛りつけられ、目隠しされたまままみな声を揃えて。

「こちらから訊ねておきながら、勝手を言って申しわけない」

看守は一言、「いえ」と呟《つぶや》いた。心中お察しします、と言っているように思えた。衛門までの送り迎えをする役目なのだから、面会人の身上は伝えられているはずだった。かつての同志であり、「一部将校」と呼ばれる要注意人物であったことを。

世論は蹶起部隊に対し批判的である。国家顛覆《てんぷく》を企てた悪い軍人たちとされていた。しかし軍隊経験のある男ならば、頭から非難はしないだろう。思想や行動はわからぬにしろ、十分な審理を尽くさぬまま叛乱軍とされた彼らに対し、同情心を抱いているはずだった。

二月二十六日未明、かつての同志たちは蹶起した。歩兵第一聯隊、同第三聯隊、近衛《このえ》歩兵第三聯隊等の一千四百余名が、警視庁や首相官邸など要所を襲撃し、大臣顕官を殺害したうえ永田町一帯を占拠した。

翌二十七日、東京には戒厳令が布告され、二十九日の勅令により蹶起部隊は帰順した。

一部始終を上海で知ったせいか、志津大尉にはいまだその大事件が現実味を欠いている。たとえば芝居の粗筋を、人伝てに聞いたような気がするのである。

そもそも「陸軍省通達」なるものによって、自分が村中孝次と面会する理由も意味も、志津大尉にはわからなかった。知りたくもなし、考えたくもなし、むろんみずから希《のぞ》んだわけでもない。

だから、二《にい》・二六《にいろく》が事実であると確認するために、上海から戻ったようなものだった。

それでもたしかに、すべてが夢でも芝居でもないことだけはわかった。

門前の路上に乗用車が待っていた。

陸軍大学校の公用車である。運転手の上等兵が敬礼してドアを開けた。

「お待たせしました」

「どうだった、村中の様子は」

いかにも待ちかねたというふうに、吉永将《よしながまさる》大佐が訊ねた。

「しっかりしております。ご安心下さい」

「そうか。だが、安心と言ってもなあ」

雨を沫《しぶ》かせて車は走り出した。「ゆっくりやってくれ」と、吉永大佐が運転手に言った。

「北と西田の判決が出るまでは、村中と磯部を生かしておくそうです」

訴えるようにそう言えば、吉永大佐は窓ガラスを曇らせて溜息をついた。

「村中も磯部も挫《くじ》けまい」

「死刑の結論ありきです。誘導も作文もできるでしょう。民間人を軍法会議で裁くのですから、蹶起将校たちのようにはいきますまい」

「その証拠をでっち上げるために、死刑囚を生かしておく、ということか。俺は法律のことなどよくはわからんが、貴様は明るいだろう。どうなのだ、そのあたりは」

特務機関員だからと言って、軍法に精通しているわけではない。だが、陸軍刑法を始めとする諸法規について、調べねばならぬ機会は多かった。

事件勃発直後の二月二十七日、東京市内に戒厳令が布告された。すなわち、市内は「戦地」とみなされ、軍事に関係する犯罪はすべて、被告が軍人であるか民間人であるかにかかわらず、軍法会議で裁かれる。そして、戒厳地における犯罪の裁判は、控訴上告を許さない。

「戒厳令下の軍法会議は全能です。やろうと思ってできぬことはありません」

要約すればそうなる。弁護人なし、非公開、上告なし、という暗黒裁判も、戒厳令下ならば可なのだ。気分が重すぎて、ていねいな説明はできなかった。

二人はたがいにそっぽを向くように、雨の車窓を見つめた。

「北一輝も西田税も、行動を共にしたわけではなかろう。間接関与した民間人を死刑になどできるのか」

「首魁、ということにすれば」

「あれだけ殺したうえに、まだ民間人を二人やるというのはわからんね。そこまでする必要はあるまい」

「軍の面子《メンツ》だと思います」

志津大尉は胸のうちを吐き出した。口にはしづらい確信だった。

「蹶起将校たちは北と西田に踊らされた、という図にすれば、軍は被害者ということになります」

相変わらず顔をそむけたまま、吉永大佐はしばらく考えるふうをした。軍刀の柄を握る手には力がこもっていた。

「なるほどな。泣いて馬謖《ばしょく》を斬るの思いで処刑した、か。そういう筋書きならば、軍は非難をされまい」

北や西田を危険人物として処分するなら、まだしも理屈は通るだろう。それが真相だと思っている人も多いはずである。だが、やはりどう考えても、消さねばならぬほど危い思想家だとは思えない。

北一輝は国家社会主義者の衣を被った共産主義者で、弟子の西田税とともに国家の顚覆と共産革命を目論んでいる、という筋書きである。現役の将校たちは正体を知らずに誑《たぶら》かされた。昨年免官となっている村中孝次と磯部浅一は、知ってか知らずか、ともかく両者の蝶番《ちょうつがい》役となった。そして、昭和維新の名を藉《か》りた赤化革命は失敗に終わった——。

やがてそうした噂が拡まれば、軍は被害者となり、その威信は傷つかない。つまり軍の面子を保つためには、北と西田を首魁として殺す必要がある。

「特務機関の読みは大したものだ」

「何につけても、裏を読んでしまいます」

「アタリだと思うよ。謀略は陸軍の伝統だ」

吉永大佐は義足の膝を、コツコツと指先で叩いた。

「戒厳令下の裁判ならば、あれで仕方がないとあきらめもしますが、ひとつだけ許し難いことがあります」

「何だね、それは」

「死刑の確定した人間を、証人として法廷に出すというのは、法制史上未曾有《みぞう》だと思われます。しかも死刑の執行から村中と磯部だけを分離し、銃殺刑の銃声を聞かせました。陸軍刑法に照らせば死刑は致し方ない。同期生だからと言って気の毒だとは思いません。しかし、生殺しという刑はない。こんなことを平気でする軍人は、軍人としてではなく人間として恥ずべきであります」

言いおえたあとで、志津は唇《くちびる》を嚙みしめた。面会中の忍耐がとうとう溢《あふ》れてしまった。

七年前に先走らなければ、自分も蹶起に加わっていたかもしれない。歩兵一聯隊の中隊長として。

「ひとからげに青年将校などと呼んでほしくはありません。同期の香田には四人の子があります。村中にも乳吞児がおります。われわれが青年なのではなく、軍が年寄っているのです」

車は渋谷の街衢《がいく》をゆっくりと通り過ぎた。七年前の夏の夜に、陸軍刑務所から連れ出されたときと同じ道筋をたどっているように思えた。たしかあの晩も雨だった。

胸が落ちついてから、志津大尉は少しずつ面会の様子を語った。話が進むほどに、車はいっそう速度を下げた。これだけ気遣いのできる運転手ならば、会話の内容が洩れる心配もあるまい。

「村中の同期はぼちぼち中央に戻ってきている。惜しい男だ」

吉永大佐が無念そうに呟いた。士官学校ではなく、陸大の同期という意味である。将校から選りすぐられて陸軍大学校に学んだ卒業生は、いったん隊付勤務に出て中央省部に戻るのが通例だった。その後は陸軍省や参謀本部の幕僚として、陸軍を率いてゆく。

「上から軍を変えるつもりで、陸大に進んだのでしょうが」

「同志と縁を切るわけにもいかぬし、苦しい立場だったろうな」

「相談を持ちかけられたことなどありますか」

「いや。村中は有名人だから、一度ゆっくり話したいと思ってはいたんだが、機会がなかった」

それを言うなら、張作霖《ちょうさくりん》の軍事顧問として列車に同乗し、関東軍に片足を吹き飛ばされた吉永大佐も、陸大では有名人にちがいない。

村中孝次とはいっとき教官と学生の間柄だったことになるが、そうした二人が語り合うには傍《はた》目《め》が気になったろう。

「今からでもどうにかならんものか。村中は優秀な軍人だ」

吉永大佐の口癖だった。まるで志津に期待するように、会うたび同じ繰りごとを言う。

「私に何ができるわけでもありません」

市電や円タクが追い抜いてゆく。陸軍大学校は近い。

神宮外苑《がいえん》の青山口《あおやまぐち》で車は止まった。運転手はエンジンを切ると、雨衣《あまい》を着て舗道に立った。

「気の利く男ですね」

「陸大に配属される前は、陸軍省で永田《ながた》閣下に従《つ》いていた。あの人の専属なら、気が利くというより、かたときも気が抜けなかったろう」

陸軍省軍務局長永田鉄山《てつざん》は昨年八月、革新将校の急先鋒である相沢三郎《あいざわさぶろう》中佐に斬殺された。白昼の執務室における凶行であった。来る者拒まずという永田の鷹揚《おうよう》な気性が命取りになった。

吉永大佐の落胆は痛ましかった。同じ東京牛込《うしごめ》に育ち、兄と敬した人の突然の死であった。上海でその第一報に接した志津が、まず思いうかべたのは吉永大佐の顔だった。敬愛する人を、戦でも事故でもなくテロによって二人も失った。その心中は察するに余りあった。

北京《ペキン》で初めて会ったとき、吉永大佐は神経衰弱に罹《かか》っていた。けっして心の弱い人ではないが、あんなふうにして爆殺事件に巻き込まれれば、どうかなってしまうのも当然であろう。

その記憶があるから、志津は永田鉄山の話題はつとめて避けていた。

ガラス越しの舗道に、いかにも実直そうな運転手が背を向けて佇んでいる。銀杏《いちょう》並木の先には聖徳《せいとく》記念絵画館の円いドームが雨に煙っており、青山通りぞいは陸軍大学校の敷地である。

「あの朝も、渋谷のご自宅から陸軍省まで、永田閣下を送ったそうだ」

話の転機を失してしまった。吉永大佐は続けた。

「相沢は永田閣下を斬っただけではなかった。二・二六を惹《ひ》き起こしてしまったんだ」

静かだが憎しみがこもっていた。

相沢事件の初公判は一月二十八日である。発生から五ヵ月余の十分な予審を経て、第一師団常設軍法会議にかけられた。

同志の将校たちは焦慮に駆られた。そこにもうひとつ焦慮の種が蒔《ま》かれた。第一師団の満洲移駐である。革新将校たちの梁山泊《りょうざんぱく》の観がある赤坂《あかさか》の歩兵一聯隊と青山の歩兵三聯隊を、師団ごとそっくり東京から遠ざけてしまおうという策にちがいなかった。

「何かとてつもなく大きな謀略があるんじゃないかと、俺は疑っているんだがね。そのあたり、専門家の意見を聞きたい」

運転手は気が利くばかりではなく、おそらく吉永大佐から事前に指示されていたのだと思った。車内は最も安全な密室である。

「そのことは、自分も考えぬではありません。しかし、舞台が大きすぎて想像しづらいのです」

「想像した限りでも、教えてくれんか」

「特務機関員としてあれこれ考えるところはあるのですが、相沢中佐も蹶起将校の多くも知った人なので、客観的な想像がしにくいのです」

できれば忌《いま》わしい想像にとどめておきたい。だが、誰かに話さねば気が治まらぬ想像でもあった。

「独り言だと思って下さい」

そう前置きをして、志津は話し始めた。

「昭和六年以来、クーデター計画やテロは跡を絶ちません。社会はそれだけ忿懣《ふんまん》に満ちているので、世論を怖れて断固たる処置もとれなかったのが実情です。しかし、このままではいけない。国防も戦争もあったものではない」

吉永大佐が黙って肯いた。クーデター計画が露見しても、処分らしい処分はなかった。五・一五に至っては、時の総理大臣が殺されても犯人は死刑にならなかった。罪の軽重を問うならば、「憂国の至情」のある限り、軍務局長を斬った相沢中佐にも極刑が科せられるはずはない。ならば今が好機だと、蹶起将校たちは考えた。まして五月に第一師団の満洲移駐が下令されれば、機会は失われる。

「しかし、そうした状況は誘導されたのではないかと、私は考えました。いや、あくまで想像に過ぎませんが」

吉永大佐が話の先を促すように、またしきりに肯いた。

「つまり、軍の謀略だな」

「はい。私の知る相沢中佐は、巷間《こうかん》噂されるような変質者ではありません。一途で純真な人ではありますが、議論もせずに永田閣下を斬るとは思えないのです。白昼の陸軍省内で事件が起きたのも、不自然に思えます」

「刺客か」

「独断でできることではありますまい」

吉永大佐は腕組みをして、低い唸り声を上げた。

「永田閣下は粛軍の生け贄《にえ》にされた、と」

「あくまで想像です。閣下には敵も多かったと思いますので、生け贄とばかりは言えませんが」

「二・二六の導火線に火がついた」

「移駐前には必ず行動に出る。もし深夜に兵を動かすのであれば、歩一と歩三の週番司令に危険人物が立つ日だということぐらい、予測ができるはずです。二月二十六日の週番は歩一が山口《やまぐち》大尉で、蹶起にこそ参加しませんでしたが同志です。歩三の週番は安藤大尉でした」

週番司令はいわば夜間の聯隊長代理である。兵器や実包の準備もできるし、非常呼集もかけられる。

「二・二六は予測されていた、と」

「あるいは。当日ではなくとも、近々起きるであろうことはわかっていたと思います。事件を誘導して、危険人物を一網打尽にする。戒厳令下の軍法会議ならば全員を抹殺できます。むろん、相沢中佐も、民間人もいっぺんに」

舗道の先から、腕章を巻いた憲兵が歩いてきた。戒厳令が解かれても東京市内の警備は厳重である。なにしろ軍人が軍人を信用できぬ世の中なのだ。

憲兵が路上に立つ運転手を詰問した。志津は車窓を開けた。

「陸大教官、吉永大佐殿がお乗りだ」

それでも憲兵は疑わしげに車内を覗き、姿勢を正して「失礼しました」と敬礼をした。

「貴様の想像は信じたくないが、そういう話ならばすべてが腑《ふ》に落ちる」

「あくまで想像です。ご放念下さい」

志津の胸に、村中孝次との対話が甦《よみがえ》った。蹶起の目的が具体性を欠く、という志津の質問に対して、村中は迷わずに答えた。しかしその口ぶりはあまりに流暢《りゅうちょう》で、まるであらかじめ用意されている成文のように聞こえた。

やはり彼らの行動には、受け皿があったのではないかと思う。少くとも村中と磯部、ほかにも首魁とされた何人かはすべてを承知していたのではあるまいか。しかしその受け皿を覆されてしまえば、行動を共にした若い将校たちに申し開きができない。そうなると「維新」の目的とするところは、甚《はなは》だ抽象的な、精神論にならざるをえないのである。

目的を問い詰められて村中は言った。「俺達の使命は破壊だ」と。「その後の建設は他の者の領分」だと。その言葉はもしや、敗北宣言だったのではないかと志津は思った。むざむざと罠に嵌《は》まったのだ。

「やつらの掲げていた昭和維新とは、いったい何なのだ」

吉永大佐は気付いている。蹶起の目的があやふやであることに。

「明治維新の本義に立ち返って、天皇親政を実現する、という意味でしょう」

「だとすると、ただの反動主義ではあるまいかね。俺にはそのあたりが、どうにも納得できないんだが」

永田鉄山が死んでも総力戦の思想は遺《のこ》る。法制化されるのもさほど先ではあるまい。日本はあらゆる人的物的資源を総動員して、大国の軍事力に対抗しうる。軍は永田の遺産を継承するのである。

重臣たちの殺戮は政党政治家を沈黙させ、ファシズムを招来するだろう。日本は名実ともに軍事国家となる。

「大佐殿。軍とは何でしょうか」

静かな答えが返ってきた。

「俺たちの故郷だよ。そこで生まれ、そこで育ち、一生ほかの世界を知らない俺たちの故郷だ。だから憎めない」

言い得て妙だと、志津は思った。幼年学校と士官学校を出て将校になった軍人は、戦争をするために純粋培養されており、実はほかの世界を何も知らない。二・二六事件も満洲における関東軍の独走も、あるいは中央省部における抗争も、すべては視野の狭い村人たちのしわざなのだ。その村人たちがあろうことか国家を支配する道を、二・二六事件が開いてしまったことになる。それでも、村人である限り、故郷は憎めない。

「つまり、俺たちの頭で考えても仕方がないということだ」

志津の胸はいくらか軽くなった。そうした結論が出たならば、吉永大佐の神経衰弱がぶり返すこともなさそうである。

雨音が繁《しげ》くなった。運転手は舗道に佇立《ちょりつ》したまま、時おり振り返って車内の様子を窺った。

「ところで、どういう伝《つて》で面会が叶ったんだね」

「上海特務機関に、侍従武官から連絡が入りました」

ほう、と吉永大佐は苦笑した。

「まさかとは思うが、やはりそっちか」

「はい。そっちという言い方はいかがなものでしょう」

志津も笑わずにはおられなかった。事件の主謀者と面会して話を聞いてこい。人伝ての口達ではあるが、勅命にはちがいなかった。

「面会は家族だけだろう」

「陸軍省の通達により特例だそうです」

「お悩みになっておられるのだな。だが、そうとなればご報告する必要があるだろう」

何も聞いていない。おそらく、書記の記録が陸軍省を経て、奏上されるのではあるまいか。

「また拐《かど》わかされてもかなわんので、上海に戻ります。この足で立川飛行場に行き、明日の朝に発ちます」

「そうか。ならば省線《しょうせん》の駅まで送らせよう」

濡れ鼠《ねずみ》の運転手が戻ってきた。

「俺は講義がある。すまんが、志津大尉を新宿駅まで送ってくれ」

「了解しました。新宿駅までお送りします」

律義に復唱して、運転手は車を発進させた。

「いちど上海にもおいで下さい」

「ああ、そうだな。何か公用ででもでっち上げるか」

「自分もうまい理由を考えておきます」

陸軍大学校の車寄せで別れるとき、吉永大佐はしみじみと言った。

「志津。貴様、見かけによらず肝の太い男だな」

吉永大佐は義足をごつごつと曳きながら、厳《いかめ》しい玄関の闇に歩みこんで行った。

3

1936年初冬
上海

汽車のデッキからプラットホームに降りると、身も心もたちまち湿った。

新京や奉天《ほうてん》の冬に比べれば、温暖多湿の気候はずっと過ごしやすい。また夏は夏で、蒸し風呂のような北京よりずっと楽だった。

だが北村《きたむら》修治《しゅうじ》にとって、上海は懐しい町ではない。

満洲国も建国五年目を迎えて一段落したから、南京の動静を取材せよ、という社命だった。ところが、いざ赴《おもむ》いてみれば国民政府の首都南京には、全国から学生や民族主義者が押しかけて、抗日運動の真最中だった。わが身を守るのが精一杯で、とうてい取材どころではない。そこでやむなく、上海支局で情報を集めることにした。

上海と南京の間はおよそ二百八十キロ、列車で六時間たらずである。中国の感覚では至近距離だった。

プラットホームを歩きながら、北村修治は人の多さにたじろいだ。新京の人口がせいぜい三十万ばかり、しかし上海は三百八十万を算える世界第六位の大都市である。つまり、上野《うえの》駅で人ごみに酔ったおのぼりさんのようなものだった。

ベンチに腰かけて人の波が引けるのを待った。五年の間に上海が膨張したのか、それとも自分が満洲の空間になじんだのか、あるいは齢《とし》を食ったのか。

機関車の腹から湧いた水蒸気が、人々の足を浚《さら》ってプラットホームを流れてきた。なにげなくその行方《ゆくえ》を目で追って、本当ならば妻が迎えに来ているはずだったと、センチメンタルな気分になった。ここに戻りたくなかったのは、悪い記憶のせいだった。

七年前の正月明けに上海支局への赴任が決まり、許婚《いいなずけ》とあわただしく祝言を挙げた。そもそも大学で支那語を学んだおかげで新聞社に採用されたのだから、急な辞令でも四の五のとは言えなかった。しかも当時の大陸情勢からすると、いつ帰れるか知れたものではなかった。妻は前年に女学校をおえていたから、連れて行くと決めた。

上海の水が合わなかったのだろうか、もともと体が丈夫だったはずの妻は、腹をこわしたり風邪をひいたりと臥《ふ》せりがちだった。まして新聞記者の不規則な時間割も、負担になったと思う。だから子供ができたと聞いたときは、迷わず帰国させようとしたのだが、妻はここで産むと宣言した。そしてひどい難産のあげく、子供とともに死んでしまった。

上海には珍しいほど寒い夜だった。苦痛にあえぐ呼気が水蒸気のように白かった。いよいよ産婆の手に負えなくなり、担ぎこまれた北四川路《きたしせんろ》の病院で、まったく悪魔に搦《から》め取られたかと思うほどあっけなく命をかき消してしまった。

いまだに現《うつつ》の出来事とは思えない。人伝てに聞いた怖ろしい話か、悲劇映画のほの暗い一場面としか。

「旦那さん、お宿は決まってらっしゃいますかね」

日本語で話しかけられて顔を上げれば、法被《はっぴ》を着た日本旅館の番頭が立っていた。見憶えがある。日本からの来客をしばしば案内した、虹口《ホンキュウ》の宿の番頭だった。長崎航路の客船が着くたびに埠頭は客引きで犇《ひし》めくが、このごろは駅にまで立つらしい。景気が悪いわけではなく、日本人の数が増えたのだろう。

「あらら、たしか朝日新聞の――」

「北村です。お久しぶり」

立ち上がって鳥打帽を脱いだ。

「畳の上で足を伸ばしたいところですが、あいにく川向こうのホテルを取ってありましてね」

「へえ、そいつァ豪気な話だ。いやいや、ご挨拶《あいさつ》もせずに引ッ張っちまって、ご無礼いたしました」

虹口の日本人街に住まう人々は、蘇州河《そしゅうが》の向こう岸の旧英米租界を「川向こう」と呼ぶ。別世界に対する憧れをこめて。それくらい虹口の街は、日本そのものだった。

「幾年ぶりですかい、北村さん」

「北京に一年、満洲に四年です。いえ、上海に戻されたわけじゃありませんよ。ちょっとこっちに用事がありましてね」

「いや、それァご苦労様です。かく言うあたしも、上海にかれこれ十年です」

北村はあたりの人々に目を向けた。

「まだ日本人に見えますかね」

「見分けがつかなきゃ客引きはできませんや。まず百発百中です。西洋人にはわからんらしいが、日本人は垢抜けてますからねえ。おっと、油売ってる場合じゃねえ。そんじゃ北村さん、ホテルに飽きたらぜひ寄っておくんなさい。ごめん下さいまし」

番頭は一等車から遅れて降りてきた客に、手揉《ても》みをしながら歩み寄っていった。なるほど沿線の都市から上海に引き揚げてきた、と見える日本人である。

陽気な番頭のおかげで、腐った気分もいくらか晴れた。虹口《ホンキュウ》の街に足を踏み入れたくはないが、支局に顔を出さぬわけにもゆくまい。

駅舎はごった返していた。黄浦江《こうほこう》の埠頭が世界に向いて開かれた門ならば、上海北駅は中国全土への玄関だった。

すでに共同租界のただなかである。二つの塔を頂いた立派な駅舎は赤煉《れん》瓦《が》の英国調で、かつての支配者の権勢を偲《しの》ばせる。しかし今やここから蘇州河までの広大な地域には、二万を超す日本人が暮らしている。事実上の日本租界である。

上海は人口が過密であるばかりでなく、人の動きがあわただしい。悠悠然たる支那人は、たぶんこの街では生きていけまい。

駅頭で黄包車《ワンポーツ》を拾った。なぜか上海では、人力車をそう呼ぶ。意味はわからない。ただし上海の黄包車は速い。梶棒を上げたとたんに全速力で駆け出し、横断する人々の間をすり抜け、路面電車を追い抜いて突ッ走る。

商店の軒先から張り出した派手やかな旗や幟《のぼり》が、北村の頭をかすめて翻《ひるがえ》る。やがて電車道を折れると、中国ふうの極彩色は地味な黒と白に塗り替わった。商店の看板も似て非なる日本語になり、旗に代わって提灯《ちょうちん》がつらなった。日が昏れてそれらに電気が入れば、紛《まご》うかたなき日本の夜の風景になる。

虹口の日本人街である。ここでは日本人の生活に必要なものは何でも手に入り、日本の紙幣が歓迎され、やりとりはすべて日本語ですむ。中国人の住民も多いが、日本語を解さぬ者は稀《まれ》だった。

そこの乾物屋の角を折れれば――一年と少しだけの新婚生活を送ったアパートがある。店先に藍《あい》の前掛姿のおかみさんが見えたが、北村は顔をそむけてやり過ごした。

妻の顔は忘れてしまった。幾葉かの写真はあるが、持ち歩くほどの未練はなかった。いや、そう思い定めているだけかもしれないのだが。

愛していたかと自問をしても、答えは出ない。もっとも自問することそれ自体が、妻に対する感情のあやふやであった証拠である。これから愛を育もうとしていた、とでも言えば嘘ではない。

フサ子という名だった。漢字の存在感はなく、平仮名の情緒もなくて、控え目でおとなしい片仮名が似合った。だが今にして思えばそれは、何ら個性のない、記号か何かのような気がしてならない。

遠縁の家の娘であったから、幼いころの印象が拭えずに、北村の目には小柄な体がより小柄に見えていた。口数が少いのは物怖《ものお》じしているように思えたし、透けるような肌も羞《はじら》いを含んだ笑顔も、童女のそれだった。

武昌路《ぶしょうろ》の東本願寺《ひがしほんがんじ》で葬式を出し、焼場で骨にして日本に持ち帰った。長崎まで船で一昼夜、東京まで列車で一昼夜、上海は近くて遠かった。

他人に慰《なぐさ》められて涙を見せたためしはない。ひとりで酒を酌《く》む夜更けなどに、よしひとつ泣いてやろうと思うくらいのものである。それにしたところで妻の記憶だけではなかなか難しく、生きられなかった不憫《ふびん》な娘のために泣いた。

つらつら思うほどに、自分は非情な人間なのではないかと疑う。義理人情の細やかな日本では生きてゆけず、何だってきれいさっぱり割り切る支那人のほうが、居心地がいいとも思う。かれこれ七年も大陸にとどまっている理由は、年を経るごとに疑念が確信に変わってゆくからだった。

今さら日本に帰ったところで、社内のどこにも居場所はなく、かつての友人には忌避され、新たな知己も得られぬだろうと思う。動乱の大陸を駆け回るうちに、身も心も乾き切り、曠《あ》れすさんでしまった。

虹口《ホンキュウ》の支局には知った顔がひとつもなかった。

この九月に着任したという支局長は、英語は達者だが支那語はからきしだそうで、何とかなるだろうとは言うが、今の上海はかつて「東洋のパリ」と謳《うた》われた華やかな都市ではない。上ッ面はそう見えても、一皮めくれば権謀術数の渦巻く「魔都」である。

どうしてこんなロイド眼鏡とボウ・タイの若僧を、帝大出のロンドン帰りというだけで上海支局長の要職に据えるのか、本社の気が知れないのだが、世間知らずと時代錯誤のおかげで「川向こう」のアスターハウスを取ってもらえたのは、手放しでありがたかった。

もし前任の支局長ならば、よくても虹口の日本旅館、へたをすれば裏路地の雑居アパートで辛抱させられるところだった。

「アスターならば世界中の特派員が投宿しているから、情報も集めやすいだろうと思ってね。君、英語は？」

「からきしです」

「エッ、そりゃ参ったな」

「何とかなりますよ」

英語やフランス語が租界の公用語であったのは、「東洋のパリ」の時代である。今は世界各国の記者たちが支那語で語り合う。母国語を使うのは同じ国の記者同士が、「ここだけの話」をする場合に限られる。

「歓迎会をせにゃならんね。どうだね今晩あたり、パラマウントかビー・ビーでも」

ダンスホールの「ブルーバード」を、アメリカ人の口調を真似《まね》て、「B・B」とはいかにも野暮天である。着任して三ヵ月も経つというのに、まだ浮かれ上がっているらしい。

「上海支局に転勤したわけじゃありませんから、遠慮しておきます」

記者たちは知らんぷりを装って聞き耳を立てていた。どうやら日ごろこの野暮天を持て余しているらしい。

「ああ、そうだ。遊軍だったね」

北村の態度が気に障ったのか、蔑むように支局長は言った。

わざわざ新京からやってきたのは、上海支局が手不足か、または無能だからである。南京情勢は戦列外の遊軍記者が担う仕事ではない。どうもこの支局長は、正真正銘のポンコツであるらしかった。

記者たちの視線が北村を宥《なだ》めていた。しかし自分の取材がこいつの手柄になるのかと思えばいまいましい。いいネタが取れたなら上海支局を通さずに、南京か北京経由で打つ方法を考えておくとしよう。

とりあえず仁義は切った。上海では用なしの外套を羽織り、鳥打帽を冠って北村は支局長に囁いた。

「パラマウントには行かないほうがいい」

「なぜだね」

さらに声をひそめ、襟巻《えりまき》を添えて英語に変えた。

「パラマウントの最高の賓客《オナード・ゲスト》は中国のキーパースンです。日本の新聞記者がめったな口をきこうものなら、命がいくつあっても足りない。ここはパリでもロンドンでもない。シャンハイだ」

張学良は三十万の大軍を指揮して、陝西《せんせい》省の西安に進駐している。剿共《そうきょう》戦は大詰めを迎えているると聞くが、決定的な戦果は上がらず、業を煮やした蔣介石がみずから督戦に赴いた。西安でいったい何が起こっているのか、情報はいっさい伝わらない。鉄道は止められ、通信は途絶している。古都は封鎖されているのである。

自分を湿らせているのは腐った川風でも忌わしい記憶でもなく、何ひとつわからぬまま悪い予感ばかりが満潮の黄浦江のように膨満してゆく、ジャーナリストの勘だと北村は知った。

ガーデンブリッジの袂《たもと》で黄包車《ワンポーツ》を捨てた。

最も上海らしい、バンドの風景を見たかったからである。

アスターハウス・ホテルは橋の北詰めに建っているから、正しくは「川向こう」ではない。だがそのあたりの蘇州河河口は、各国の領事館が建ち並ぶ旧アメリカ租界で、近寄りがたい「川向こう」の印象があった。

上海の変わりように北村修治は目を瞠《みは》った。五年間の不在が四十年ぶりのような、まるで浦島太郎になった気分だった。

アスターハウスの向かいには、異形《いぎょう》の巨人のような高層ビルディングが建っていた。アメリカ資本であることはひとめでわかる。

もしやバンドの景色が様変わりしてやしないかと気を揉みながら、北村はガーデンブリッジをなかばまで歩いた。

そこで胸を撫で下ろした。西岸のパブリックガーデンの先には、ネオバロックやルネッサンス風や、アールデコ様式の意匠を凝らした格調高い建築が、黄浦江の蛇行に沿って伸びやかに、かつてとどこも変わらずに建ち並んでいた。

北村は橋上の手すりに肘《ひじ》を置いて莨《タバコ》をつけた。風もないのによく晴れた午下《ひるさが》りだった。

じきに気付いた。一見したところバンドの風景に変わりはないが、実は建て替えや建て増しがあり、しかし技術が巧みだからそうとは見せないのである。いくらか視野を拡げてみれば、バンドの裏手には多くのビルディングが、あちこちに生え出ていた。つまり、歴史ある外灘《ワイタン》の風景は、すでに完成されたものとして保存され、その周辺に摩天楼のスカイラインが形成されつつあるのだった。

枕木を敷きつめた橋上のペーブメントに膝立って、ロシア人の物乞いが泣いていた。通行人は誰も情けをかけなかった。

彼は泣く泣く、詩でも吟ずるように何かを訴え続けているのだが、北村はロシア語を解さなかった。アスターハウスの向かいはソヴィエト領事館だから、上海に流れて身を堕《お》とした白系ロシア人が、嫌がらせをしているようにも見えた。だからと言って彼を追い立てるほど、ソヴィエトも暇ではあるまいけれど。

北村は歩み寄って、毛むくじゃらの手が差し出す帽子の中に、封を切ったばかりの巻莨と何枚かの銅貨を落とした。

喜捨をする良心など持ち合わせぬ。ガーデンブリッジで通行料を支払い、上海に戻ってきたと思うことにしたのだった。

回転扉を抜けてアスターハウスの優雅なロビーに足を踏み入れると、三ツ揃えの背広を着た紳士が北村を笑顔で迎えた。

大倉《おおくら》商事上海支店営業部第四課長。しかし同社に「営業第四課」は存在せず、志津邦陽という社員もいない。

「お待たせしてしまいましたか」

握手を交わしながら、北村はフロントの大時計に目を向けた。

「いや、僕も今しがた来たところです」

この物言い物腰は、いかにも上海勤務の商社員である。よほど顔を知る人でなければ、上海特務機関の将校だとは気付くまい。

「少し前に着いたのですが、外灘の景色が懐しくなって、橋の上から眺めていました」

「変わりましたか。僕は昔の上海を知らないのですが」

「これからはアメリカ資本の時代ですね」

白い上着のボーイが、流暢な英語で二人を奥のラウンジに誘《いざな》った。

いかにもアメリカ人好みの、柔らかな椅子に腰を沈めてコーヒーを注文した。天井には豪華な漆喰《しっくい》細工が施され、シャンデリアが輝いていた。

高い窓の外には向かいの高層ビルが、納まり切れずに建っていた。

二人は高窓ごしに壁を見上げた。それでも頂上は見えなかった。窓の数を中途まで目で数えて、二十数階はあろうかと思った。

「ブロードウェイ・マンション。ホテルではありません」

「高級アパートメントですか」

「まあ、そのたぐいでしょう」

ボーイが賓客たちの帽子と外套を、慇懃《いんぎん》な手つきで壁に掛けた。志津が過分なドル紙幣のチップを渡した。

このアスターハウスは「東洋のウォルドルフ・アストリア」を謳い文句とする、上海で最も古くかつ格の高いホテルである。

コーヒーを飲みながら、二人はたがいの近況を語り合った。満洲国が一段落したので、南に回されたという事情は同じだった。

上海から北京支局に転じて以来の、五年近いつきあいである。情報のやりとりはするが、新聞記者と特務機関員の立場は弁《わきま》えている。親しげに見えて、二人は常に精妙な距離を保っていた。

それでも、同い齢のうえに三十を過ぎた独身という似た者のせいか、居心地のよい仲ではある。

「で、東京の様子はどうでした」

「戒厳令が解かれたからと言って、元には戻りませんね。憲兵や警官がやたらと歩き回っていて、市民はびくびくしていますよ」

「もしや志津さん、嫁取りですか」

あながち冗談ではなく、新聞記者の勘で北村は訊ねた。志津が朗《ほが》らかに笑った。

「そんな話だといいんですがねえ。見合いは見合いでも、陸軍刑務所に入れられている同期生と面会してきました」

北村はひやりとしてあたりを見回した。少し離れた席にイギリス人の老夫婦がおり、バーカウンターの止まり木で、アメリカ人と思える男が支那人のバーテンダーと話しこんでいた。

日本語の安全を確かめてから、北村は平静を装って訊き返した。

「村中孝次ですね」

志津が驚いた顔をした。

「どうしてわかるんですか」

「そりゃあ、二・二六の青年将校で志津さんの同期と言ったら、村中と香田でしょう。香田のほうは処刑されちまいましたから、村中しかいない」

日本は軍人が動かしている。わけても大陸は軍人の独壇場である。彼らの人間関係は陸軍士官学校や海軍兵学校の卒業年次によって定まるから、姓名階級とともにそれを記憶することが新聞記者たちの習い性になっていた。

陸士三十七期。志津邦陽が治安維持法改悪を訴えた怪文書事件で軍法会議にかけられなければ、きっと二・二六の首魁のひとりになっていただろう。しかも原隊は、叛乱軍となった歩兵一聯隊である。

「よく面会なんぞ叶いましたね」

そう訊ねると、志津はややためらいがちに答えた。

「もう裁判は結審しているのですから、誰が面会しようがかまわんのでしょう」

そんなことはあるまい。特務機関の情報収集任務ということなのだろうか。

「どうでした、村中は」

今度は即座に答えが返ってきた。

「すまんが、北村さん。その先はノーコメントです」

「つれないなあ。そっちから言い出しておいて」

北村は笑った。たぶん志津大尉は、新聞記者の握る情報を引き出そうとしている。二・二六事件には謎《なぞ》が多すぎたし、表立ってその謎を暴こうとするのは禁忌でもあった。

「では、ひとつだけ。村中は元気でしたよ。死刑囚が元気だというのは、切ない話ですがね」

久しぶりの再会を気まずいものにしたくはなかった。たがいが分かち合いたい情報は二・二六ではない。

「なんだ、志津さん。嫁取りじゃなかったんですね」

「妙な憶測をする前に、自分の嫁取りを考えたらどうだい」

二人は緊迫した話題から離脱した。

上海での不幸な出来事について、志津に打ちあけたのは天津《てんしん》の酒場だった。いくら酔っても口に出す情報は選別しなければならないが、そのぶん私事はやすやすと語ってしまう。だから陸軍の諜者と新聞記者という抜き差しならぬ間柄でも、たがいのことは親友のように知っていた。

「当分そのつもりはありませんよ。いやなに、死んだ女房が忘れられんなどという、ロマンチストじゃありません。支那で仕事をしている限り、身軽じゃなけりゃ」

志津が深く肯いた。

「それは僕も同じですよ」

二人の境遇は似ているのかもしれない。警戒しながらも情報のやりとりを続けているのは、そのせいなのだろうか。

「傷のほうは？」

「上海の冬は楽ですからね」

志津大尉は数年前に、チチハルで匪賊《ひぞく》の襲撃に遭《あ》い重傷を負った。部下の下士官は死んだらしい。そうこう思えば、やはりおたがい家族を持てる立場ではなかった。

窓の外をロシア人の娼婦たちが通り過ぎて行った。遅れて歩いてきたひとりが、窓ごしに手を振った。志津が小さく指を立てて応えた。なじみの女なのだろうか。

「不自由はしませんしね」

冷ややかにそう呟いた。

北村にはこの陸軍将校の本性がわからない。心やさしい人物なのか、それとも冷酷な軍人なのか。彼の経歴を思いたどれば、挫折した志士ということになるが、やはり軍歴とは関係なく、そもそも軍人に不向きな男なのではないか、という気もした。だから性に合わぬ軍隊で、ぎこちなく、ごとごととぶつかりながら生きている。

イギリス人の老夫婦が、たがいを支え合うようにして回転扉から出て行った。今から国に帰る方途もなく、大西《だいせい》路《ろ》の外人墓地に入る肚《はら》を定《き》めたのだろうか。

バーカウンターのアメリカ人は、コーヒーをウイスキーにかえて、相変わらず支那人のバーテンダーと話しこんでいる。北京語は上等だった。

「ところで、西安の情勢ですがね」

ボーイが注ぎ足したコーヒーに、たっぷりと砂糖を入れてかきまぜながら、北村修治はさりげなく本題に踏みこんだ。

「北村さんはどう読みますか」

おいでなすった。情報の交換は先手が不利である。だが北村は百も承知で、いつもこちらから駒を振る。それでも互角の勝負に持ちこむ自信はあった。どだい記者は攻め手、特務機関員は護る側である。

「どう読むも何も、材料がありませんや。まさか噂話を拾って電を打つわけにはいかんし、本社からは矢の催促です」

北村の表情を計るように見つめてから、志津大尉はポマードで整えた軍人らしからぬ長髪に手を当てた。

「密偵からの連絡がない。拘束されたのか通信手段がないのか、次を出してもまた同じです。こうなったら自分が行くか」

「そりゃよしたほうがいい。密偵が消息不明になるなんて、尋常な話じゃありません」

「しかし、西安で何が起きているかわからんというのもね。出先としては、何らかの状況報告をしなければなりませんし」

たぶん在支の特務機関も、東京の省部から矢の催促をされているのだろう。北京や上海から次々と偵察に出ても、連絡がとれなくなる。もし殺されてでもいようものなら、またぞろ日本軍の出兵理由になりかねぬ事態だった。

現今の日支関係はとりあえず安定している。満洲国を黙認し、北支の主権を事実上放棄してまで、蔣介石は日本との摩擦を避け国内統一を優先した。つまり、陝西省の山間部に集結した共産軍の覆滅である。それを達成すれば、とにもかくにも中国は統一される。

「戦況はどうなんです？　知らんとは言わせませんよ」

北村は笑いながら訊ねた。逆襲である。

「おいおい、支那の内戦なんだから、僕が知ってて隠す話じゃなかろう。張学良は苦戦している。それはまちがいありません」

「そんな噂も聞いていますがね。瀕死の共産軍が相手なら、いかな不抵抗将軍《プーディカンジアンジュン》でも花花公子《ホワホワゴンツ》でも、負けようはありますまい」

今度は志津大尉が周囲を見渡した。支那語を混ぜてしまったのは軽率だった。バーカウンターのアメリカ人が振り返っていた。

「北村さん、あなた本気じゃないでしょう。張学良が無能な指揮官ではないことぐらい、支那通なら誰でも知っています。そうした不名誉な渾名《あだな》は、政府と関東軍のプロパガンダです」

　アメリカ人は新聞を読み始めたが、こちらの会話に聞き耳を立てているとも見えた。

「申しわけありません。おっしゃる通りです。私が知りたいのは、なぜ苦戦しているか、ということですが」

「窮鼠《きゅうそ》猫を嚙むということはありましょう。共産軍には後がない」

「それだけでしょうか」

　志津大尉はソファの背にもたれて足を組み、莨《タバコ》をつけた。それから火先《ほさき》を北村に向けて、煙を吐きながら言った。

「ねえ、北村さん。威力偵察はこれくらいにして、そろそろ本音で話しませんか。僕らの間の情報交換なんて、同じ日本人なのだからたかが知れてるでしょう」

「望むところです」

「では、僕から」と、志津は莨を長いまま揉み消して続けた。

「張学良は共産軍ではなく、背後のソヴィエトを怖れているのだと思います。彼にはそれくらいの視野がある。時間と手間をかけて育てた中国共産党の壊滅を、ソヴィエトが座視するはずはない。だからあそこまで追い詰めても、決戦に踏み切れずにいる。私の読みはそんなところです。さて、北村さん。あなたの読みを教えて下さいな」

　なるほど。思いもよらぬ読みだが、軍人ならばそう考えるのかもしれない。なにしろ日露戦争以来、帝国陸軍の仮想敵国は常にロシアであり、中国ではない。だから寒冷地向きの装備を怠《おこた》らず、歩兵銃もシベリアや蒙古の平原に適した長射程の三八《さんぱち》式を使い続けている。

議論はさて置くとしよう。ここは情報の交換である。

「私は軍人としての張学良よりも、一個の人間としての、あるいは支那人としての張学良に着目します。彼は父親から引き継いだ満洲を失いました。彼が指揮する東北軍は、故郷を失った流浪せる軍隊です。同じ支那人と戦争をすることには、指揮官から一兵卒に至るまで、もううんざりしているにちがいない。士気のない猫ならば、窮鼠に噛まれるのも致し方ないでしょう」

志津大尉は腕を組んで肯いた。情報どころか至極当然の話で、志津の読みとは釣り合うまい。

そこで北村は、指を立てて付け加えた。

「あとひとつ。彼の敵は共産軍ではありません。親を殺した仇が憎いに決まっています」

張作霖爆殺事件から八年が経つ。国民革命軍によるテロとされているが、関東軍の謀略であることは公然としていた。公然たる事実であるから、北村は真犯人の名を口にはできず、志津も黙って肯くほかはないのである。

「北村さん。つかぬことを伺うが、奥様が亡くなられて幾年ですか」

「かれこれ六年になりますが、何か」

「忘れられないものですか」

北村は答えをためらった。話を変えたとも思えなかったからである。

「忘れるに越したことはない」

捨て鉢にそう言った。悪い記憶に苛《さいな》まれ続けたあげくの結論はそれだった。

「あと二年したら？」

意地悪い質問の意味を知った。

「忘れられますまい。たとえ恋をして結婚をして、子供が生まれたとしても、それはそれでいよいよ忘れられなくなると思います」

息を入れて北村は言い足した。

「アヘンに溺《おぼ》れなかったのは幸いでした」

志津大尉は背筋を伸ばして詫《わ》びてくれた。

「あなたの読みは正しいと思います」

4

「ジョウ・エン・ライをご存じですか」

カウンターに置いたルームキーにちらりと目を向け、初老のバーテンダーは端整な北京語で訊ねた。

「不知道《プーヂーダオ》」

知らない、と答えるとバーテンダーは指先を濡らして、「周恩来」と水文字を書いた。それで思い当たった。中国共産党の大物である。

「対《トエ》。周恩来《ジョウエンライ》。有名な人物だ。もしや君は共産党員か」

バーテンダーはぎょっとして、「不是《プーシイ》、不是」と手を振って否定した。世界中の人々がのびのびと暮らす自由都市の上海でも、コミュニストだけは例外である。一九二七年の上海クーデターでは、蔣介石《ジャンジエシイ》が突如合作《がっさく》を反古《ほご》にして、市内の共産主義者を皆殺しの目に遭わせた。

「３１１号室に、しばらくお泊りでした」

ルームキーのナンバーを指さして、バーテンダーは言った。

「ほう。それは光栄だ。僕も共産主義者ではないがね」

僕の泊っている３１１号室は、絨毯《じゅうたん》を敷き詰めた長い廊下の突き当たりである。まさかお尋ね者がスイートルームに潜伏していたはずはないから、周恩来氏はおそらく上海クーデター以前の、国共の蜜月時代に住んでいたのだろう。

「お客様、ちょっとお耳を拝借」

バーテンダーがカウンターを拭きながら顔を寄せてきた。

「共産主義者は殺されます。疑われただけでも。それは警察の仕事ではなく、ギャングの領分ですから、うっかりできません」

「ご忠告、ありがとう」

アスターハウスのカクテルは上海の名物であるらしい。つまり、この中国人らしからぬ、垢抜けたバーテンダーが名人なのである。

中国語の会話に慣れるには、もってこいの相手だった。上海語もわからないわけではないが、大学での授業は北京語だった。

僕は浮かれ上がっている。バーテンダーはそんな僕の様子を危ぶんで、まちがいが起こらぬよう警告したのだと思う。

共産主義者にこと寄せて。上海は怖い場所なのだよ、と。


ニューヨークを発つに当たって、慈善団体の事務所を訪ねた。

内心はもうかかわりあいになりたくないのだが、財閥からの援助のおかげで一人前になったのは事実なのだから、挨拶ぐらいは済ましておこうと思った。つまり、縁を切りに行ったのである。

久しぶりに訪れた事務所は、昔のように恩着せがましい厳《いかめ》しさが取り払われて、近代的なオフィスに様変わりしていた。財閥家の執事みたいな担当者もいなくなり、いかにも慈善事業を生き甲斐にしているような、たとえば教会のバザーまで仕切っていると思える張り切りばあさんが僕を応待した。

通りいっぺんの感謝を述べると、彼女は詳しい経緯も知らないはずなのに、涙を流して感激した。私の苦労が報われた、とでも言わんばかりに。

苦労をしたのはあなたではなく僕です、と言いたかった。むろん僕が感謝すべきは財団であって、そこから給料を貰っている彼女ではない。

ところが、どうやら彼女は日ごろバザーを仕切っているわけではないらしかった。

「ジム。出発前でさぞお忙しいでしょうけれど、一分間だけ私に下さいな」

それから涙を拭い、同じハンカチで洟《はな》をかみ、デスクの受話器を取った。

電話は一分で終わった。彼女が親しげに話していたのは、ウォルドルフ・アストリアの支配人だった。

こうして僕は、上海に渡ったあと裏路地のアパートに住まず、アスターハウスのスイートルームの客になった。

僕の人生は思いがけぬ方向に転んでいくらしい。

父のあとを継いで、ハドソン川の埠頭の荷担ぎ人夫になるほかはなかったはずなのに、イェール大学に進んでニューヨーク・タイムズの記者になった。そして念願叶って中国に赴任しても、やはりこんな具合に思いもよらぬ小さな逆転がある。避けがたい運命が、目の前に迫ったときふいに変わるのである。そして、のちになって顧《かえり》みれば、偶然などはどこにも見当たらず、すべては必然だったと思える。

アスター家とは縁が切れないらしい。無償の善意とは、そういうものなのだろうか。

外灘《ワイタン》の桟橋に降り立った僕は、有頂天になっていた。

ここはマンハッタンのチャイナタウンではない。本物の中国なのだ。

黄浦江《ホワンプージァン》から眺める上海の風景はニューヨークに似ていた。むろん摩天楼の数や高さは及ぶべくもないが、だからこそ僕が子供のころに見た、まだ隙間だらけの、空の青を脅かさない、寛容で慎み深いニューヨークを彷彿させたのだった。

もしや時間の川を遡《さかのぼ》って、子供の時分に戻ったのではないかとさえ思った。それでもかまわない。だがすばらしいことに、ここはニューヨークではない上海だから、無知で飲んだくれの父母はおらず、僕は自由だった。

黄浦江の岸には、まるで櫛《くし》の歯のように、桟橋がつらなっていた。荷役の苦力《クーリー》たちは蟻《あり》のように無数で、ところどころに長袍《チャンパオ》を着て帽子を冠ったギャングが立っていた。彼らは苦力を鞭《むちう》つのではなく、サングラスの奥から荷の行方に目を光らせているように見えた。

世界のどこに、ビザなしで誰でも入国できる港があるだろうか。僕はあっけなく中国の大地を踏んだ。

韮《にら》と大蒜《にんにく》と葱《ねぎ》を炒める芳《かんば》しい匂い。いや正確には腐臭。またはわけのわからぬ肉を煮込む匂い。

事前知識のない旅行者にとってこの臭気は、きっと耐え難いだろう。だが僕にとっては、チャイナタウンからキャナル通りを抜けてトライベッカのアパートの窓まで流れてくる、懐しい匂いだった。あるいは、貧しくて優秀な中国人留学生たちの、痩《や》せた体にまとわりついていた匂いだった。

喧噪と雑踏に紛《まぎ》れて、ポーターたちを見失わないよう気を遣った。租界のただなかにもかかわらず、ほとんどが中国人であるのは意外だった。僕の頭には「狗《ゴウ》与《ユ》華人不准入《ホワレンプージュンル》内《ネイ》」——犬と中国人は立入禁止、というあの悪名高い立看板が貼り付けられていて、租界内は外国人ばかりのような印象を持っていたのだった。

「ミスター・ターナー、ジェームス・ターナー！」

　金切声を聞き分けてあたりを見回すと、人ごみの中に小さな星条旗を振る中国人の姿があった。ニューヨーク・タイムズの給仕ではなく、白い上衣を着たアスターハウスのボーイだった。彼は流暢な英語で僕を確かめ、ニューヨークのウォルドルフ・アストリアのボーイとそっくり同じうやうやしい態度で頭を下げ、雑踏をさばいて僕の行手を開いた。埠頭の車寄せに、磨き上げられた乗用車が扉を開けていた。

　黄包車《ワンポーツ》に乗りたい、とは言えまい。僕はアスターハウスの歓待ぶりに驚きながら、バンドの風景を車の窓ごしに眺めるほかはなかった。

　建ち並ぶビルディング。警笛を鳴らし続けて走る路面電車。悠然と道路を横切る通行人。それらのすきまを、蜜蜂のように飛び回る黄包車。

　僕は自動車の行手と左右を、一齣《ひとこま》も見落としてはならない芸術映画でも観るように、忙しく眺めた。この風景がこれから何年も、いやもしかしたら永遠に、僕のものになるというのに。

　フランス租界から共同租界へ。地図では截然《せつぜん》と区分けされているが、租界の内外も、むろん租界の中にも、仕切りはないらしい。ただ目に見えぬ法律や行政のちがいがあるばかりなのだ。だから租界といえども、中国人の数があらかたを占めている。つまり中国の国内にありながら、中国にも、どこの国にも帰属しない「上海」という自由都市だった。

　僕は、それまで僕を縛《いまし》めていたあらゆる道徳、あらゆる劣等感、またそれらと戦って獲得した尊大な優越感の、ことごとくほどけ落ちるのを感じた。そう、僕は自由なのだ。

黄浦江《ホワンプージアン》は潮が変わったらしく、渦巻き、盛り上がって小舟《ジャンク》を翻弄していた。路上に店開きする物売り。ベンチに列をなして腰かけ、臆面もなく客を引く世界各国の娼婦たち。低い雲に蓋《おお》われた河岸では、彼女らのルージュがたったひとつの色に見えた。

パブリックガーデンを過ぎ、その名にちなむのであろう鋼鉄のガーデンブリッジを渡れば、旧アメリカ租界の先端に、僕が思いがけず招待されたアスターハウス・ホテルがあった。両手を拡げ、厚い胸板を反り返らせて、「ウェルカム・サー」とでも言わんばかりに。

僕はたちまち、自分をイエス・キリストの代理人だと信じこんでいるばあさんの、感極まった声を思い出した。

「すばらしいわ、ジム。あなたは恵まれぬ子らの手本よ！」

不抵抗将軍《プーディカンジアンジュン》。

花花公子《ホワホワゴンヅ》。

聞き覚えのある単語が耳に入って、僕は振り返った。窓際のソファで日本人の紳士が語り合っていた。身ぶり手ぶりがなく、無表情だがいつもほほえみをたたえていて、声も小さいからすぐに日本人だとわかる。だが他の客がいないせいで、彼らの声はバーカウンターまで届いた。

不抵抗将軍。

日本軍に領土を侵略されながらも、抵抗しなかった腰抜けの将軍。

花花公子。

社交界で浮名を流す貴公子。

いずれも張学良《チャンシュエリャン》の異名である。ただし彼に対する評価はさまざまだから、僕はニューヨークに届いた外電や現地新聞記事の中から、最もリベラルで客観的に思えるものを選んで翻訳した。つまり、「不抵抗将軍」や「花花公子」は採用しなかった。ニューヨーク・タイムズの記事はそうでなければならぬと考えたからである。

ところが、それらの汚名は一人歩きをしていた。まったく中国人らしからぬ、ハリウッドスターそこのけの彼のポートレイトには、スキャンダラスな形容があまりに似合ってしまったのだった。

翌日の朝刊を読んで愕然《がくぜん》とした。僕のまとめた記事にはあれこれ手が入れられて、僕が翻訳しなかったはずの、“nonresistance general”や“playboy”といった醜悪な言葉が採用されていたのだ。

断固たる抗議をした僕に、キャップは平然として答えた。

「おいおい、これが正しい評価じゃないのかね」

腹を立てた僕は、編集長に直訴した。

「どこがおかしいんだね。客観的事実じゃないか」

そしてオフィスに戻れば、記者たちの非難が僕を待っていた。

「君が差別主義者だとは知らなかったよ」

「おい、これじゃまるでゴシップ記事だぞ」

「責めるべきはゼネラル・チャンではなく、植民地主義だろう」
「いや、日本のファシズムだよ」
おっしゃる通りさ。さすがはリベラリズムが看板の、ニューヨーク・タイムズのエリート記者たちだ。

僕はかくかくしかじかと打ちあけた。だが、信じてくれる者はいなかった。つまり、口ではどんなにきれいごとを言おうが、彼らは編集長から記者たちに至るまで、東洋人のすべてに偏見を抱き、白色人種の目で見くだしている。

あのとき僕を信じてくれていたのは、オフィスの隅に悲しい目をして佇んでいた、中国人の給仕ひとりだったと思う。

記者たちは僕を「嘘つき」と罵《ののし》った。僕が保身のために嘘をついていると考えたのだ。そしてその日から僕は、「嘘つきジム《Liar Jim》」と蔭口を叩かれるようになった。

そんないやな記憶があったから、僕は日本語の会話に織り込まれた二つの中国語——「不抵抗《ブーディカン》将軍《ジァンジュン》」と「花花公子《ホワホワゴンツ》」に、耳ざとく反応してしまったのだった。

新聞を読むふりをして会話の続きに耳を欹《そばだ》てたが、拾える単語はなかった。日本語はからっきしだ。

話が一段落したころあいを見計らって、僕はバーカウンターを離れ、笑いかけながら彼らに近寄った。

「你們好《ニイメンハオ》！」

中国語がいい。二人はちょっとびっくりしながらも、気さくに手を差し出して「你好《ニイハオ》」と応じてくれた。

「ニューヨーク・タイムズのターナーと申します。ご同宿でしょうか」

案の定、二人は中国語に堪能だった。

彼らは立ち上がって名刺を差し出した。日本人は礼儀正しい。

「私は今、到着したところです。あなたは？」

そう言ったのは、朝日新聞特派員北村修治。所属は新京《シンジン》支局。上海の手不足で東北から駆り出されたのだろうか。

「数日前に。中国は初めてなんです」

「それにしては中国語がお上手だ」

「翻訳と通訳をやっていました」

中国語の会話はここちよい。もしかしたら僕は、中国で暮らす限り孤独から免れ、偏屈者と思われずにすむのではなかろうか。

「実は私も、上海に来てからそうは経っていません。北村君とは旧知の間柄です」

大倉商事上海支店の志津邦陽。オークラ・カンパニーといえば日本でも指折りの貿易会社である。

「申しわけないが北村君。僕はこれから会議があるので、お先に失礼します。ではターナーさん、朋友《ポンヨウ》をよろしく」

ボーイが駆け寄ってコートを着せ、帽子をうやうやしく捧げた。ふたたび僕と握手をかわし、志津課長はラウンジから出て行った。

「私はここに泊っています」

北村は僕に席を勧めると、ウイスキーを注文した。彼らが僕を気に留めていたとわかった。日本人にしては背が高く、たくましい。長袍《チャンパオ》を着て小帽《シャオマオ》でも冠れば、まるきり中国の読書人に見えるだろう。

「僕らの話が聞こえましたか」

「日本語はわかりません」

疑わしげに僕の顔を見つめてから、北村は続けた。

「いかがですか、初めての上海は」

「そりゃもう、夢見ごこちですよ」

「上海は中国ではありませんがね」

僕は気易く声をかけてしまったことを悔やんだ。着任早々、支局長は僕に命じた。君が何様かは知らんが、アスターハウスのゲストルームを提供されているのならば、客からの情報を拾ってこい、と。

しかし僕は、その命令を実行したわけではない。すっかり浮かれ上がったまま、話し相手を探していただけだった。

ウイスキーが運ばれてきた。僕らは理由なき乾杯をした。

「西安はどうなっているのでしょう」

北村がいきなり言った。それがわからないから、支局はあわてているのである。いやたぶん、どこの新聞社の支局も。

「実はきょう、南京から撤退してきました。抗日運動が盛んで、とても取材どころじゃない」

つまり、ニューヨーク・タイムズの情報を欲しているのである。こうした取材合戦の現場には不慣れな僕でも、まさかこの要求にやすやすと応じるわけにはいかない。

蔣介石《ジャンジエシイ》を迎えたまま、西安は封鎖されてしまった。鉄道も道路も通信も途絶している。そしてここが最大の要点なのだが、その大規模な都市封鎖を誰が実行しているのか、政府軍が西安を包囲しているのか、張学良《チャンシュエリャン》軍が何らかの目的をもってそうしているのか、それがわからない。

「たしかにニューヨーク・タイムズの南京支局は健在ですがね――」

僕はグラスを空けてから、新参者のアメリカ人記者を小馬鹿にしているにちがいない、日本人の平たい顔に指先を向けた。

「抗日運動はあなたのお国が中国に対して、無茶をするからでしょう。取材ができないからネタをよこせなんて、それじゃ新聞社も軍部と同じです」

思いっきりの中国語が気持ちよい。たぶん英語ではうまく言えないだろう。

「停《ティン》、停」

北村が穏やかに僕を宥めた。それから周囲に目配りをして、テーブルの上に僕の顔を招き寄せた。

「いいかね、ターナー君。僕の朋友は大倉商事の社員ではない。日本軍の特務機関員さ。どうだね、割に合わぬ話じゃあるまい」

バーテンダーがグラスを拭いながら、北村の肩越しに僕を見つめていた。

そうだ、浮かれ上がっている場合じゃない。僕は地球の裏側の軍司令部から、海を越えてはるばる最前線に送られた兵士だった。

第二章　予期せぬ災厄

5

昭和十一年十二月十二日深夜
静岡県伊東《いとう》温泉

十一時を過ぎるというのに、無礼講の宴席はいつ果てるともなく、むしろ今たけなわである。

調子っぱずれの唄声と手拍子が、池泉と竹藪《やぶ》を隔てた湯殿まで伝わってくるのだから、そろそろほかの客から苦情が出るだろう。女将《おかみ》が「きょうは土曜なので満室」というようなことを言っていたのは、つまりこうした事態を予見して、念を押していたとも思える。

「知ったことか」

穂積良一《ほづみりょういち》は苛立ちを声に出して、わさわさと顔を洗った。

タイル張りの湯舟は広く、壁面には伊豆《いず》の荒磯を思わせる岩が積まれて、その割れ目から湯が流れ落ちるという趣向である。この風呂を独りじめできるのは、下戸《げこ》の果報だと思うことにしよう。

忘年会は泊りがけの温泉で。

この悪しき慣習は、いつから始まったのだろうか。民間の会社はどうか知らぬが、霞《かすみ》ヶ関《せき》の役所はどこもかしこも、十二月の週末にはこれをやる。いや、やらねばならぬ。

年が押し迫れば忙しいから、定めて一週目か二週目で、つまり本年の泊りは十二月五日の土曜か十二日の土曜である。難しいのはここから。他の部局と宿が差し合ってはならぬ。できれば温泉場も別のほうがいい。さらに欲をかけば、よその役所とも重ならぬようにする。日程調整の作業は膨大で、十一月に開始して丸一月、その間は実務が手につかぬほどだった。

穂積は徹底した下戸である。酒を飲むくらいなら煮え湯を飲んだほうがよい。もともと体質が合わぬのか、飲めば気分が悪くなるだの蕁麻疹《じんましん》が出るだのではなく、たちまち卒倒する。だから乾杯も匂いを嗅ぐだけである。

今日まで唯一の例外は三三九度の盃《さかずき》だったが、それすらも神主《かんぬし》に事情を説明して、水盃とはいかぬが水で薄めた御神酒《おみき》で切り抜けた。ために女房はいまだに何か不満があると、あの水盃のせいだと泣く。

つまり穂積良一が万年幹事を拝命しているのは、まさか実務に劣っているわけではなく、調整上手なうえにひとりだけ素面《しらふ》で杯盤狼藉《ろうぜき》の後始末ができるからだった。

やれやれ、部長の独唱《ソロ》が始まった。無礼講と言いながら、手拍子も掛け声も高まるのはおかしなものだ。十八番《おはこ》はフランス仕込みのラ・マルセイエーズ。

外務省情報部には高等文官試験を通った外交官が少い。そのかわり、穂積のような外国語学校の出身者が多数を占めている。つまり部長のお追従《ついしょう》は、将来を期する高文組と決まっていた。

しかし穂積にも外交官としての矜恃《きょうじ》はある。だからこの幹事役が、下戸のせいではなく学歴のせいだと思われるのが何よりも癪《しゃく》の種だった。

やわらかな湯が心を鎮めてくれる。熱海《あたみ》や箱根《はこね》の旅館は他の部局との差し合いだらけで、それならいっそと伊東まで足を延ばしたのがよかった。ただし、忘年会は現地集合の現地解散が原則なので、距離が遠い分だけ役人たちが五月雨《さみだれ》のように到着する、というのは誤算だった。そのつど乾杯がくり返されるから、宴会の締めようがない。

湯の中を這《は》って、竹藪に向いた曇《くも》りガラスの戸を開けた。歌と手拍子が大きくなった。明るいうちから飲み始めていれば、酔い潰れたやつもいるだろうに。

誰も軍歌を唄わぬのは外交官の見識である。外務省と陸軍省の関係は険悪だった。外交を無視した陸軍の行動に、外務省は苦言を呈する。また陸軍は日支の大使交換を公然と非難する。事前協議はなく、何でもたがいの頭越しにやってしまってから罵り合うという、犬猿の仲だった。よって部長は軍歌を唄うなどもってのほか、「ラ・マルセイエーズ」をくり返すのである。フランス語の発音はどうしようもないが。

もっとも、陸軍の言い分はわからぬでもない。国民政府の親日政策は信用に足らぬし、抗日運動は盛んだし、何よりも共産軍を征伐しきれず、国内統一はいまだしである。たしかに大使交換は時期尚早と思える。

しかし外務省内には、陸軍に対する抜きがたい不信感があって、けっして同調はできない。両者の反目は昭和三年の「満洲某重大事件」すなわち張作霖爆殺事件で決定的となり、満洲国建国のお祭り騒ぎでいくぶん宥和《ゆうわ》したものの、北支まで手中にせんとする陸軍の方針があからさまになると、ふたたび硬直した。

ラ・マルセイエーズ。

外交官は長く赴任した任地の色に染まる。六年をパリとマルセーユで過ごした部長は、自分がフランス人だと信じこんでいる。

だが、支那帰りはけっして支那人にはならない。むしろ支那の風習を奇異に思い、支那人を蔑《さげす》む。明治維新以来、日本人が範としてきたのは欧米であり、けっして支那ではないからである。

湯舟の縁《ふち》に頬を預けて竹林のそよぎを聞いているうちに、睡《ねむ》気《け》がさしてきた。

ともかく一仕事をおえた。役人たちは勝手に寝て勝手に起きて、三々五々帰京する。

よその役所に比べれば、外務省の年末がことさらあわただしいわけではない。むしろクリスマスが近付くほどに国際情報は漸減してゆく。スペイン内乱もいったん休戦となるだろうし、日独防共協定に関する反響も、ここまでくれば年が明けてからだろう。

さて、支那はどうかなと、穂積良一は夢うつつで考えた。

クリスマス休戦はあるまい。支那人は旧正月を祝うというから、それもまだ先になる。ならばむしろ、西安に進出して督戦しているという蔣介石が、みずから指揮を執って旧暦年内の決着をめざすか。

どうでもいいさ。陸軍省はどうか知らぬが、外務省にとっては大した問題じゃない。共産軍が降参して支那の統一がなれば、大使の交換も時期尚早ではなかったと、陸軍の鼻をあかせるだろう。

くたびれた体が、湯にとろけてゆく。

――ラ・マルセイエーズ。武器を取るのだ、わが市民よ。隊列を整えよ。進め、進め！

そのとき、湯殿の大戸がごろごろと開いて、湯気の中に女将の顔が覗いた。

「ご無礼いたします、穂積さんはいらっしゃいましょうか」

とうとう苦情が来たか。だが役人たちも長たらしいラ・マルセイエーズには飽き飽きだろうし、一声かければあっさりお開きになるだろう。

「ぼちぼち締めさせます。ご迷惑をおかけして申しわけない」

そう答えると女将は、「いえね」と手を振りながら戸口に座りこんだ。

「今しがたお役所からお電話を頂戴いたしましてね。穂積さんをお名指しで」

役所に残留しているのは、今年入省したばかりの二名である。それもよほどの緊急電でも入らぬ限り、取り次ぐ必要なしと言い含めてあった。

「そりゃあ手間をかけました。何も僕じゃなくたってかまわんでしょうが」

「いえね、御酒《ごしゅ》を召されている方はだめだとおっしゃるので」

ひやりとした。当直の吏員は幹事の穂積を名指したのではなく、ひとりだけ素面《しらふ》にちがいない穂積を呼び出したのだ。

「折り返し穂積さんからおかけ直ししますと言って、いったん切らせていただきました。勝手をいたしました」

「いや、かまいません。すぐに上がります」

仲居でも番頭でも用は足りるはずである。たぶん尋常ならざる変事を悟ったから、女将がやってきた。

穂積の頭をよぎったのは、二・二六の悪夢であった。いかに戒厳令下の軍法会議にせよ、上告なし弁護人なし、なおかつ非公開という裁判は、議会にも司法にも物を言わせず、陸軍が身内の不詳事として処理したとしか思えなかった。

「では、電話をつないでおきます。秋山《あきやま》さんあてでよろしいでしょうか」

「よろしくお願いします」

女将が湯殿から駆け出ていった。穂積は湯から上がって、体も拭かずに浴衣を着た。

秋山は高文出身の優秀な新人である。まだ役所の右も左もわからずにいるが、目から鼻に抜ける男だった。

日ごろ部長が可愛がっていて、この忘年会にも連れて行くと言うのを、特別扱いはよくないと残留させたのは穂積だった。

酔っ払いに重大な用件を伝えない、というのはいい判断である。秋山を留守番させたのは正解だった。

電話室は玄関の脇にある。ガラスの向こうで女将が交換台を呼んでいた。待つまでもなく穂積は入れ替わりに受話器を奪った。

秋山が女将に伝えたのは、外務省の電話番号ではなく、情報部の直通回線だった。呼び出し音がしたと思うと秋山が出た。

「穂積だ。何かあったか」

雑音が耳を遮った。

「何だって、聞こえない」

途切れがちの秋山の声がくり返す。「上海」「特電」。それで二・二六の再発ではないということだけはわかった。

不穏なやりとりをかわすうち、ふいに閊《つか》えが落ちたように秋山の声が瞭《あきら》かになった。

「よし、もういっぺん言ってくれ」

「上海総領事館からの特電です。ママ読みます。十二日午後、西安に於て兵変あり。張学良軍の一部、蔣介石の身柄を拘束す。詳細は目下不明なるも、南京政府筋は非公式に張学良による軍事クーデターと認む。尚、蔣介石の生命については絶望視さる。政府より在支大使館への通牒は現在に至るも一切なし」

吹き出る汗がたちまち水をかぶったように冷えた。考えてもいなかった事態である。しかも、よりにもよってこんなときに。

穂積は息を入れて心を鎮めた。あわててはならない。秋山をあわてさせてもならない。

「いいか、秋山君。僕の言う通りにしたまえ。どこから問い合わせがあっても応ずるな。電なしだ」

「え、電なし、ですか」

「そうだ。へたに答えれば役所が大混乱になる」

「嘘をつくのはまずいでしょう」

「時と場合によっては情報を秘匿《ひとく》するのが情報部だ。君がお察しの通り、部長以下へべれけで使いものにならん。こっちもいったん僕の胸に蔵《しま》って、明日の朝に叩き起こすとしよう」

「いいんですか、それで」

「僕が責任を取るよ。君も朝まで頑張ってくれ。部課長は始発の汽車で帰す」

穂積は思いついて作り笑いをまじえ、「なあに、大したことじゃないよ」と言い添えて電話を切った。

明日は大目玉をくらうだろう。へたをすれば進退にかかわるかもしれない。だがこの特電の内容ばかりは、酔漢の耳に入れてはならない。

歌声はやんでいる。ならば部屋に引き揚げた部長にだけは報告しておくかと思いもしたが、酔いがたちまち醒めることもあるまいし、車を雇って帰ると言い出すに決まっていた。そんなことをしたところで、言いわけの種になるぐらいのものだろうから、始発で帰京するほうが賢い。

電話室から出て、不安げに見守っていた女将に声をかけた。

「いや、大したことじゃありません。せっかくの忘年会に水をさすのも何だから、ほかの連中には伏せておいて下さい」

古い旅館の薄闇が、肩にのしかかってくるような気がした。

誰か相談のできる者はいないかと、廊下をたどって広間を覗いてみれば、酔い潰れて仲居を手こずらせているか、捻《ね》じり鉢巻に浴衣の片肌を脱ぎ、わけのわからぬ議論をしているくらいで、どいつもこいつも話にならぬ。

部屋に戻ると、同室の連中は灯りもつけたままいぎたなく眠りこけていた。これも話にならぬ。

穂積は手帳を持って玄関に戻った。やはり今は、誰にも打ちあけるべきではない。正気の人間がいないのだ。のちのち責任を問われても、自分ひとりで背負えばいい。

玄関の常夜灯の下で手帳を検《あらた》めた。各部局と調整した忘年会場の旅館が細密に記されている。上海総領事館がこの夜更けに至急電を打つとすれば、情報部と東亜局である。その東亜局は局長以下ほぼ全員が、伊豆長岡《ながおか》の旅館にいる。

忘年会は泊りがけの温泉で。

いったい何という悪習だろう。慰労だの懇親だのはお題目で、帰宅せずにとことん酒を飲むというだけの話である。しかも喜んで参加する者はまずいない。役所の慣習には逆らえぬ。

「幹事さんも大変ですねえ」

電話帳を繰る穂積のかたわらに、女将が茶と灰皿を置いた。

たしかに大変だ。できることなら自分も酔い潰れていたい。

電話室に入って交換台を呼んだ。非常の時間だが、長岡の旅館も現況は似たものだろう。

幸いなことに、東亜局の幹事役は同期入省の親しい仲だった。下戸ではないがマメで気働きのする男である。

電話がつながったとたん、思いがけずに本人が出た。

「やあ、こっちから電話しようとしていたところだ。西安の件だろう」

ことのほか落ち着いている。たぶん自分と同様に肚を括《くく》っているのだろう、と穂積は心強く思った。

「で、伝えたか」

「局長は遅くに着いたから、さほど飲んでいなかった。誰にも口外するなと言われた」

「東京に戻ったのか」

「いや、寝ちまったよ」

さすがは外務省のエースと評判の高い人物である。とっさにじたばたしても始まらぬ、と考えたのだろう。自分の判断は正しかったと穂積は思った。

「しかしなあ、穂積君。電話でどうこう言う話じゃないが、事は重大だぞ。陸軍は大騒ぎになっているだろう。何だか気味がいいがね」

6

昭和十一年十二月十三日未明
東京竹橋　近衛歩兵第一聯隊

兵営に時ならぬラッパが響き渡った。

短く、強く、せかせるようにくり返される「非常」の吹鳴《すいめい》である。

兵隊たちは一斉にはね起きて、敏捷《びんしょう》に動き始めた。非常呼集である。軍衣袴《いこ》を斉《ととの》え脚絆《きゃはん》を巻き、背嚢《はいのう》も銃も負った完全軍装で一秒でも早く営庭に整列しなければならない。

「よもやまさかじゃあるめえな」

誰かの呟きが耳に入った。

「まさかよォ」

笹井《ささい》上等兵は答えた。まるで意味のない合言葉のようだが、内務班の兵隊たちはみな覚めきらぬ頭の中で、同じ自問自答をしているはずである。

まさか二・二六のやり直しではなかろうな、と。

「笹井！」

班長の濁声《だみごえ》が呼んだ。軍袴に足を通して、笹井は班長の寝台に駆けつけた。

日ごろは物静かな人だが、軍隊の物相飯《もっそうめし》を十年も食っている軍曹殿ともなれば、さすがに要領を弁《わきま》えていて、早くも外套のボタンをはめながら兵隊を呼びつける余裕がある。

「貴様、何も耳に入っとらんのか」

「知りません」

笹井は大声で否定した。

「俺はこういうときのために、貴様を事務室に出したつもりだがな」

「ほんとうに知りません」

「そうか。さっさと仕度せい、新兵の面倒を見てやれよ」

笹井は中隊事務室に勤務している。簿記と算盤《そろばん》の特技を買われて、給与掛《がかり》下士官の補助を申しつけられた。訓練には参加せず、演習も留守番、使役《しえき》もなし。これほど楽をしている兵隊はいないだろう。

誰よりも早く軍装を斉えて銃を執った班長がまた訊ねた。

「おい、笹井。週番司令は誰だ」

「第三中隊長殿であります」

班長は軍帽の顎紐《あごひも》を締めながら少し考えるふうをし、「急げよ」と言い置いて内務班を出て行った。

非常呼集は聯隊週番司令の権限で行われる。むろんそれは常時即応のための演習であり、笹井上等兵の知る限り唯一演習でなかった例は、二月二十六日の起床前であった。

竹橋の近衛歩兵聯隊は叛徒《はんと》ではない。だが事件勃発直後の払暁《ふつぎょう》には、同じ衛戍地《えいじゅち》にある近衛歩兵第一聯隊と同第二聯隊に、訓練ではない非常呼集がかけられた。宮城と宮家を叛乱部隊から護るために出動したのである。

二・二六の幕はとうに引かれているが、その衝撃は大きかった。兵たちの動揺を慮《おもんぱか》ってか、以来九ヵ月が経つのに非常呼集は一度もかからない。

一方、革新派の将校は根絶やしになったわけでもないから、クーデターの再発を危惧する声もある。班長が週番司令の名を訊ねたのは、たぶんそれだろうと笹井上等兵は思った。

第三中隊長の吉田《よしだ》大尉は、士官学校出のいわゆる「バリバリ」だが、革新派とは無縁の温厚な人物とされている。

仕度をおえた者から、続々と営庭に駆け出て行く。ラッパは鳴り続けている。笹井はとまどう新兵たちを叱咤《しった》し手を貸した。ふしぎなもので、こうした場合に内務班を出て行く順番は、勤務態度や成績とは関係なく決まっている。飯《メンコ》の数である。たとえば一選抜で上等兵になった笹井よりも、日ごろ疎んじられている古兵のほうが身仕度は早い。

新兵たちをけしかけながら階段を駆け下り、兵舎に囲まれた営庭に出た。探照灯のもとで千五百の兵がおおむね整列をおえていた。陸軍で最も古い軍旗が、旗手と衛兵に護られて正面に立てられていた。

週番司令はなかなか登壇しなかった。軍靴の底から冷気が這い上がって膝を震わせた。煉瓦造りの厳しい兵舎が切り取った空には、さえざえと星が満ちていた。

「実包《じっぽう》を配るわけじゃあるめえな。つるかめ、つるかめ」

隣りの列の兵隊が呟いた。

「つまらんことを言いなさんな」

彼の思いすごしではあるまい。久しぶりの非常呼集にしても、様子がおかしい。演習ならば整列を完了したとたんに、愛想もなく「わかれ」の号令がかかるものだが、そうはならぬ。二・二六の未明の非常呼集も、たしかこんな具合だった。

叛乱軍の主力となったのは、赤坂の歩一と青山の歩三《ほさん》。そして赤坂一《ひと》ツ木《ぎ》の近衛歩兵第三聯隊の一部は、高橋是清《たかはしこれきよ》邸を襲撃した。まかりまちがえば、近衛兵同士が相撃つ事態にもなりかねなかったのである。

叛乱の指揮を執った将校たちは銃殺刑に処せられた。軍隊を勝手に動かしたのだから当然だと思う。だが、その命令に従って行動した結果、国賊よばわりされて禁固刑に服し、あるいは部隊ごとそっくり満洲に移駐させられた兵隊は気の毒だった。歩一の出征に際しては、見送る人も歓呼の声も旗の波もなかったという。

あの晩、非常呼集のラッパに目覚めてそれぞれの営庭に整列した兵隊たちは、よもやこれが演習ではないなどとは思っていなかっただろう。しかし彼らには実弾が配られた。

上官の命令は天皇陛下のご命令なのである。だから下士官兵は、将校の命令に従うほかはなかった。

もしこの非常呼集が、鎮圧されたクーデターのやり直しだとしても、自分は上官に反抗できまい、と笹井上等兵は思った。たとえ実包を渡されても。

物言おうにも理屈を知らない。上官の命令は絶対だという不文律の前では、物を言うどころか物を考えてもならぬのが兵隊だった。もっとも、そうでなければはなから戦争などできない。兵隊としての存在理由がない。

体の震えは寒さのせいばかりではなかった。装具の触れ合う音や軍靴の軋《きし》みが、地鳴りのように膨《ふく》れ上がった。

中隊の週番士官は時おり回れ右をして、「気を付け」「休め」の号令をくり返したが、隊列が引き締まるのはほんの一瞬だった。

「あー、ションベン」

どこかで情けない声がしたと思うと、じきに異臭が漂ってきた。叱る者も笑う者もなかった。

笹井義夫《よしお》は府立の商業学校を出て三越《みつこし》に入社し、本店経理部に配属された。

しかし、ようやく仕事に慣れた二十歳《はたち》の春の徴兵検査で甲種合格、その年の十二月一日には家族と百貨店の店員たちに送られて入営した。

二年の兵役を務め上げれば職場には復帰できる。国民の義務であるから否も応もなかった。

三越本店の店員といえば、東京に生まれ育った男の夢である。背広の襟に徽章《きしょう》を輝かせて、地下鉄で通勤するにも鼻高々だった。

入営は全国から優秀な兵隊が選抜されるという近衛聯隊、すなわち禁闕《きんけつ》を守護する名誉ある部隊であるから、職場に戻っても箔《はく》が付くと励まされた。

厳しい訓練と聞きしにまさる内務班の慣習に耐え、満期除隊を待ちこがれる日々であった。

ところがそのうち、体力がつき軍隊生活にもなじんでくると、さほどの苦痛を覚えなくなった。一等兵に進級し、二年兵が除隊すれば、重石《おもし》が取れたように身軽になった。早い話が、殴られる側から殴る側に回った。

やがて成績が評価されて三ツ星の上等兵になり、中隊事務室の勤務につくと、あれほど待ちこがれていた満期除隊が、なぜか自分の到達点ではないような気がしてきた。

近衛歩兵聯隊に限り、退営日は十月二十日と定められている。理由は知らない。よって現役期間は、正確には二年弱である。

その期日が迫るに従って、笹井は揺れ始めた。自分の居場所は百貨店の裏方ではなくて、軍隊ではなかろうかと思い始めたのだった。もともと体格に恵まれ、学生時代は陸上競技部で活躍していた笹井は、珍しくもみごと軍隊に適応してしまったのである。

軍服を脱いで背広を着て、出勤する自分が想像しづらくなっていた。思えば三越に二年、近衛聯隊に二年である。もとの職場に戻ることを既定の人生と決めてかかっていたが、果たしてそうだろうかと考え始めた。

そんな折に中隊長の面接があって、商業学校卒の学歴があるのだから、将校になる資格がある、幹部候補生をめざせ、と強く勧められた。

その夜、笹井上等兵はまんじりともせずに考えた。

職場に戻ったところで、商業学校卒の出世など高が知れている。どれほど努力しても、大学や高等商業を出た連中にはかなわない。それは想像ではなく目に見える事実で、経理部には十年後の自分、二十年後の自分が机を並べて算盤をはじいていた。部課長職は大学出の指定席である。むろん、叩き上げの重役などはいない。

丁稚《でっち》から番頭にも出世できた昔の越後屋《えちごや》呉服店のほうがよっぽどましだよ、というのは酔ったあげくの先輩の愚痴だった。

はっきり肚を定めたわけではない。そうこうしているうちに十月二十日の除隊日がやってきて、同期の多くは娑婆《しゃば》に帰って行った。

しかし笹井自身は肝心なことに気付いていない。大正の軍縮時代には、税金泥棒と呼ばれて肩身の狭かった軍人が、昭和六年の満洲事変を境にして急激に復権していた。その軍国日本の空気が、彼の既定の人生を捻じ曲げてしまったことに。

週番司令がようやく壇上に立った。中隊ごとの号令が響き渡り、震えている者も欠伸《あくび》を嚙み殺している者も小便を洩らした者も、みな一斉に姿勢を正した。

二・二六ならぬ一二《ひとにい》・一三《ひとさん》では語呂が悪かろう。せめて蹶起《けっき》部隊ではなく、鎮圧部隊でありますよう。笹井上等兵は切に願った。

頭中《かしらなか》。吉田大尉は部隊を睥睨《へいげい》するように悠然と答礼をした。

所帯持ちの将校下士官は帰宅している。その留守を預る週番司令はいわば夜の聯隊長代理であり、中隊の週番将校も同様に夜の中隊長である。兵の員数は昼も夜も変わらない。

高く澄んだ声で吉田大尉が言った。

「昨日、支那で重大な兵変が惹起《じゃっき》した。近衛歩兵第一聯隊は宮城警護のため出動せんとす。おのおの軍装を解かず、中隊内にて別命あるまで待機せよ。以上」

どうやら二・二六のやり直しではなさそうだが、演習でもないらしい。解散が命じられると兵たちはどよめいた。

兵舎に向かって歩き出す笹井に、班長が並びかけながら訊ねた。

「おい。貴様、ほんとうに何も知らんのか」

「知りません」

事務室勤務者ならば何か耳に入っているだろうと、軍曹は疑っているのである。さっぱりした気性で兵たちに人気もある班長が同じことを二度訊くのは、よほど二・二六が骨身に応えているのだと思えた。

「笹井、ヘイヘンとは何だ。俺は学がないから意味もわからん」

白い息を笹井の鼻先にぶつけながら、軍曹は重ねて訊ねた。

「クーデターのことだと思います」

「何だと。支那でクーデターが起きて、なぜ俺たちが出動するのだ」

二・二六以来、「クーデター」は世間の流行語になっている。曰《いわ》く、「女房のクーデター」「子供のクーデター」、労働争議も「職工のクーデター」などと例《たと》えられた。

「近衛師団命令でしょうから、週番司令殿もわかっておられないと思われます」

班長は愛すべき人である。農家の末ッ子が佐倉《さくら》の歩兵聯隊に取られ、満期のあとも軍隊に残って下士官を志願した。まったくそうした経歴通りの、質朴《しつぼく》な人物である。佐倉聯隊から近衛聯隊に転属してきたのは、よほど成績がよかったからなのだろう。

「わからんなあ」

「少くとも、こっちのクーデターではありませんよ」

やはりそれが懸念であったらしく、班長は愁眉を開いて「そうか」と肯いた。古い下士官ならば、叛乱軍の中に知った人もあったろうし、命令に従っただけで罪を被《き》た兵たちにも同情しているだろう。

「何かあったら教えてくれ」

班長は銃を担《にな》い装具を音立てながら、内務班に戻って行った。

二階の窓から准尉が呼んでいた。

「笹井上等兵、事務室まで前へ」


内務班の銃架に歩兵銃を納め、背嚢と外套だけを置いて中隊事務室に向かった。

時刻は午前三時を回ったところだが、「別命あるまで待機」であるから寝台に入るわけにもいかずに、兵隊たちは所在なげだった。

なぜ支那の兵変で宮城の警備に出なければならぬのか、誰もが首をかしげているだろう。だが、兵隊は物を考えてはならない。考えても口に出してはならない。

「笹井上等兵、入ります」

事務室には四十にもなろうというのに独身で営内にいる准尉。週番の見習士官は笹井と同じ齢か、せいぜいひとつ上ぐらいだろう。そして驚いたことには自宅から駆けつけてきたらしい中隊長が、ストーブに尻を向けていた。

「まあ、こっちへ来て温《あたた》まれ」

中隊長は雲上人である。隣りの中隊長室から事務室《ここ》に顔を見せることもめったにない。まさか言われた通りに凍えた手を焙《あぶ》るわけにもいかず、笹井は一歩前に出て直立不動の姿勢を崩さなかった。

自分を名指しで、いったい何の用事だろう。思いあたる不手際はない。

「そう鯱張《しゃっちょこば》らんでいい。いやな、君に少々聞きたいことがある」

緒方《おがた》大尉は軍人らしからぬ白面《はくめん》で、近眼鏡をかけている。齢は三十をいくらか出たくらいだから、二・二六の主謀者たちと似たようなものだろうか。そして部下を「貴様」とも「おまえ」とも呼ばず、きっと「君」と呼ぶ。むろん、れっきとした士官学校卒であるうえ、陸大卒の大きな徽章を軍服の腹に付けていた。

「君はたしか、地方では三越の店員だったな」

軍人が一般社会を「地方」と呼ぶようになったのは最近だと思う。どこか軍人が軍人以外を見くだしているように聞こえて、笹井は口に出せなかった。

「はい、三越本店におりました」

「日本橋《にほんばし》の」

「はい、そうであります」

見習士官が中隊長の脇に腰掛けを運んできた。軍刀をはずして、中隊長は腰を下ろした。

「軍服は誂えておるか」

さて、どうだったろう。将校の軍服は自腹だと聞くが、売場で軍人の姿を見かけたためしはなかった。客の需《もと》めには必ず応ずるのが百貨店だから、注文をすれば誂えられぬこともないとは思うが。

笹井が答えに窮していると、中隊長は「冗談だよ」と言って高笑いをした。

「ではまじめに訊くがね。三越は日本一のデパートメントストアで、あちこちに支店を出しているだろう」

「はっ、出しております」

「支那はどうかね。上海だの天津だの」

話が見えぬ。いったい三越についてわがこととして答えるのか、それとも他人事《ひとごと》とするのか、自分の立場が笹井にはわからなかった。

「いえ、支那にはないはずであります。外地では朝鮮《ちょうせん》の京城《けいじょう》に出ております。それと、来年は大連《だいれん》に出店予定と聞いております」

「ああ、そうなのか」と中隊長が落胆したように言い、准尉が「話になりませんな」と相槌《あいづち》を打った。

笹井上等兵は、それまで感じたことのない奇妙な匂いを嗅《か》いだような気がした。仙気《せんき》だか瘴気《しょうき》だかもわからぬけれど、ともかくこの世にあらざるような、ふしぎな匂いである。

「いやな、笹井上等兵。天下の三越の店員だったなら、支店を通じてさまざまの情報を得ていたのではないかと、そう思っておったのだ」

従兵が捧げて来た茶を、中隊長は眼鏡を曇らせながら啜《すす》りこんだ。

それにしても、この七色に染まったような、うすぼんやりとした空気は何ものなのだろう。

陸軍大学校をおえた緒方中隊長は、わずかな隊付勤務ののち陸軍省か参謀本部の幕僚に任じられて軍を動かす。その立派な軍人が、何かわけのわからぬことを言っている。

「支那の兵変というのがどういうものかは知らんが、どうして東京に飛火するのか、そこがわからん。週番司令に訊いても、師団命令だと言うばかりで埒《らち》があかん。師団司令部だって参謀本部からの命令を下達《かたつ》しているのだからわかるまい。そこで、支那情勢に詳しそうなやつの知恵を借りるか、という話になった。なんだ、そうかよ。三越の店員なら何でも承知していると思ったんだがな」

顎の力が緩《ゆる》んだのは、体が温まったせいではない。この奇妙な空気の正体がわかって、開いた口が塞《ふさ》がらなくなった。

笹井上等兵は准尉に正対した。

「准尉殿、自分はやはり除隊すべきでありました。これからでもそうしていただきたくあります。除隊できるのなら、一等兵に降等されてもかまいません」

軍隊は幻想だ。こいつらの頭の中には、支那の情報どころか支那の地図すらもない。

兵隊を凍えつかせたまま、将校たちは無知の知恵を絞って謎解きをしていたのだろう。陸軍士官学校という皿の中で、純粋培養された馬鹿ども。

「貴様、今さら何を言い出す」

見習士官の鉄拳を横面に受けて、笹井上等兵は踏みこたえた。とたんに、二・二六事件の尻尾を摑んだと思った。軍人たちのちっぽけな視野と頭脳が、勝手に見、勝手に考えて、国民が誰ひとりとして理解できぬ闘争をした。ただそれだけの話だ。

「笹井上等兵、用事終わり、帰ります」

唖然とする中隊長に向かって教練通りの敬礼をし、正確な回れ右をして笹井は事務室を出た。

こんな奇妙な空気を吸って出世するぐらいなら、経理部の机にしがみついて、一生算盤をはじいているほうがよほどましだと思った。

はたして満期を過ぎて除隊する方法が、あるのかどうかはわからないが。

内務班に戻ると、待機中の兵隊たちが軍装も解かぬまま寝台に仰向いていた。新兵は長椅子に並んで座り、机に俯《うつぶ》していた。

「どうした、笹井」

班長が寝台からもそりと身を起こした。

「気合いを入れられました」

「誰に」

「見習士官殿に。いえ、大したことではありません。自分が悪くありました」

班長はいまいましげに舌を鳴らした。誰に殴られようが何の理由があろうが、軍曹にとってはどうでもいいことだった。班長である自分に断りなく部下が殴られた。それが許し難いのである。

「言って聞かせにゃならんな」

「やめて下さい。殴られても仕様のないことを自分は申しました」

笹井上等兵は切れた唇を噛んで俯いた。軍曹に凄まれたら、若い見習士官は物も言えず震え上がるにちがいない。しかし笹井は、少しも気味がいいとは思わなかった。

「よろしく願います」

すると班長は、しげしげと笹井の顔を見つめてこう言った。

「帰る場所のあるやつはいいな。だが、帰れるものなら帰るがいい。俺も援護してやる」

星の数より飯《メンコ》の数とは、よくぞ言ったものである。軍曹は何だってお見通しなのだ。

この人が戦地の分隊長ならば、兵隊はひとりも死なずにすむのではないか、と笹井上等兵は思った。

ああ、それにしても――支那の兵変につき宮城を護れなどという奇怪な命令は、いったいどこの誰が考えついたのだろう。たとえ支那の地図が頭にないにせよ、その突飛さかげんは度を越している。

7

昭和十一年十二月十二日夜
東京三宅坂《みやけざか》　参謀本部

電灯を低く引き下ろしているせいで、作戦室は緋《あか》く深いビロードの闇に包まれている。

耿々《こうこう》たる光に浮かぶのは、卓上に拡げられた二畳分はあろうかと思える地図だった。陝西《せんせい》省西安市とその周辺の地図である。

卓を挟んで第一部長の桑木《くわき》中将と、戦争指導課長の石原《いしわら》大佐が向き合い、残る二つの椅子は空席だった。光と闇の境目にはぐるりと、十名ほどの参謀たちが立っていた。帝国陸軍の作戦を担当する頭脳である。

「そろそろ始めんかね」

緊密な沈黙のあとで第一部長が言った。

「作戦課長と支那課長が不在では話を進められません」

石原大佐が答えた。どうしてこの人はこんなにも偉そうなのだろう、と沢村《さわむら》中尉は思う。今に始まったことではない。いつだってこの顔、この態度、この調子なのだ。

第一部長の背後に立つ沢村に向かって、石原が訊ねた。

「どうなっとるのか、沢村中尉」

沢村は闇の中から進み出て答えた。

「ご両者とも部外での会合のため連絡が取れません」

「伝言は」

「現在地は不明であります。ご自宅には伝言いたしました」

わかっているだろうに。同格の課長はエスケイプしたのだよ。上官の部長が命じたならともかく、横並びの課長から呼び出されて、はいさいですかと応ずるはずもあるまい。

「もう一度、電話せよ。部長が出席なさっておるのに無礼だろう」

いや困った。両課長は居留守を使っているのである。支那課長の永津《ながつ》大佐に至っては、ご本人が自宅の電話口に出て、「俺は所在不明だ」とうそぶいた。そもそも支那課は横並びどころか情報を担当する第二部に属するのだから、石原大佐に呼びつけられる理屈は何もないのである。

そしておそらく、石原大佐はエスケイプをお見通しの上で、もう一度呼べ、と言っている。

「マア、いいじゃないか石原大佐。課長が不在でも班長は来とるし。それとな――」

桑木中将は椅子の背を軋ませて少し体を引き、正面の石原を睨みつけた。

「沢村中尉は私の副官であって、君の当番兵ではないよ」

胸のつかえがおりた。よくぞ言って下さった。副官は常に指揮官の近くに副《そ》う補佐官である。ときには将軍の意を伝える代理人ともなる。しかし陸大出の参謀たちは、けっして副官を同じ幕僚とは考えていない。

きょうは土曜の半ドンで、桑木閣下を自宅にお送りしたあと、参謀本部に戻って居残っていたところを石原大佐に捕まった。

大至急、第一部長以下作戦課の課員参謀と、第二部支那課員を召集せよと命じられた。理由を訊ねても「緊急事態である」と言うばかりだった。

桑木閣下が戻ってきて下さったのは、石原大佐に勝手をさせぬためと、ご自分がエスケイプすれば軽々と飛び越して、参謀次長を呼びつけかねぬ、と懸念したのだろう。

石原莞爾《かんじ》は軍略の天才とされている。満州事変の立役者であったこともたしかである。だが、天才だから変人だという理屈もあるまい。むしろ天才ならば、も少し良識があるはずだと沢村中尉は思う。

「ごもっともですな、閣下。では私から電話を入れましょう」

いやはや、部長にたしなめられても何を悪びれるでもなく、そんなことを言う。

これには作戦班長と兵站《へいたん》班長がたまらずに、「われわれでも用は足りる」と言って左右から宥めた。

仙台《せんだい》の歩兵聯隊長に収まっていた石原大佐が、中央省部の勤務経験がないまま参謀本部作戦課長の要職に抜擢《ばってき》されたのは、かの永田鉄山の強い推薦があったからだという。まったく異例の人事だった。

そして奇《く》しくも、石原が着任した当日の昨年八月十二日に、永田軍務局長は白昼の陸軍省内で斬殺された。二・二六の引鉄《ひきがね》となった大事件である。

以来、石原大佐は満洲事変の立役者という実績に加え、永田鉄山のカリスマ性を相続した。二・二六事件に際しては戒厳参謀を兼務して、叛乱軍を容赦なく鎮圧した。むろんそれは石原ひとりの功績ではないが、そう思えてしまうほど彼は突出した存在だった。

事件の決着を見るや、石原大佐は参謀本部の機構改革を実行した。かつて作戦主任参謀の立場で関東軍を引きずり回したように、作戦課長が参謀本部を変えた。剛腕どころか、まさにカリスマである。そして新設された戦争指導課の課長となった。永田鉄山が提唱し、推進していた国家総動員体制が樹立されたとき、その国策を軍に反映させて最も有効な戦争を遂行するための部署であった。

陸軍省は軍政を司《つかさど》る官庁であり、陸軍大臣は閣僚である。一方の参謀本部は軍令を司り、統帥権の独立によって天皇に直結している。すなわち参謀本部は、内閣も議会も手を触れることのできぬ聖域だった。

その秘密の匣《はこ》の中で、石原大佐は永田の遺志を継いでいる。少くとも周囲は、そうした印象を抱いていた。石原莞爾という異能の軍人のカリスマ性とは、実にそうしたものだった。

「さて、と——では、始めましょう。各班長は欠席の上官に対し、細大もらさず伝えていただきたい」

参謀たちは光の中に進み出て手簿《しゅぼ》を開いた。

「陝西省の省都、西安である。かつての唐《とう》の都、長安《ちょうあん》と言ったほうがわかりやすい。わが軍とは無縁の土地です。しかるに、近年の状況については諸君も知悉《ちしつ》しておるだろう。まず、もともとこの周辺は馮玉祥《ふうぎょくしょう》の西北軍閥が領していたが、今はその軍閥を引き継いだ楊虎城が第十七路軍を率いて駐屯しております」

石原大佐の言にそって、戦争指導課の参謀が図上に兵棋《へいぎ》を置いた。

「陝北《せんほく》の山間部には、南から撤退してきた共産軍が圧迫されており、これを一気に撃滅せんとして張学良麾下《きか》の東北軍が派遣されたるは周知の通り。しかし現在の戦況は、共産軍の抵抗が激しく苦戦中であり、すでに二個ないし三個師団を損耗したとの情報もあります。もっとも、この情報はソ連邦経由のプロパガンダとも考えられますが」

そこで石原大佐は、支那班長の高橋中佐に意見を求めた。

「東北軍は一部を華北に残しておりますが、本作戦に参加したる兵力は歩兵騎兵あわせて二十個師団は下りません。帝国陸軍の平時編制と同じ規模と言ってもよい大兵力であります。これに楊虎城の第十七路軍を加えれば、どう少く見積っても三十万の大軍となります。一方の共産軍の勢力は不明でありますが、江西《こうせい》の根拠地を捨てて一万二千五百キロの撤退行の末でありますから、兵員も装備もわずかであると思われます。よって、東北軍の二ないし三個師団の損耗はありえません」

さすが支那課の分析は明快である。作戦については素人《しろうと》の沢村中尉にもよくわかった。そこで痺れを切らした蔣介石が、南京から西安へと飛んで督戦していると聞く。張学良が戦意を欠いているのなら、東北軍を中央軍と交代させる肚積りだという。

「では、本題に入ります」

石原大佐は立ち上がって卓に両手をつき、第一部長を上目づかいに見据えた。

「本日未明、蔣介石の宿営地であるここ、臨潼《りんどう》県華清池《かせいち》が襲撃されました。すなわち、東北軍によるクーデターであります。張学良の指揮によるか、東北軍の一部の暴発であるかは不明です」

参謀たちはどよめいた。

「で、蔣介石の安否は」

部長が訊ねた。

「目下のところそれも不明でありますが、現地の情報では絶望視されております」

クーデターならば生かしておく手はあるまい。二・二六ですら、重臣たちを問答無用で殺したのだから。

支那班長が質問した。

「西安はこの数日来、交通も通信も遮断されているはずです。ならばこの情報はどこから来たのですか」

こともなげに石原大佐が答えた。

「上海特務機関だよ」

いや、と支那班長が気色《けしき》ばんだ。

「なぜわれわれより先に、あなたが情報を取るのですか。いくら何でもそれは僭越《せんえつ》というものでしょう。支那課には何の連絡もありません」

課長がエスケイプするぐらいなのだから、支那課はこぞって反石原なのだろう。満洲事変からこのかた、陸軍内部の「支那通」は石原を嫌う者が多いという。

「公式電ではないから、支那課には入らんよ。特務機関員が私的に情報をよこしたのだ。いや、私の知人が民間の貿易会社から私あてに電を打った。それのどこが僭越だね」

そこで第一部長が割って入った。

「おいおい、僭越とは言わんが、聞き捨てならんぞ。軍機の漏洩《ろうえい》ではないか。諜者が第三者に対し情報を入れるなど、もってのほかだ」

「お言葉ですが、閣下。特務機関員は単なるスパイではありません。政治経済工作を行い、謀略諜報を任務とします。なおかつ、軍の編制外でありますから、たとえ公電であろうと支那課を優先する理由はなく、よって閣下のおっしゃる第三者は、存在いたしません。さらに申せば、戦争指導課長が隣国の兵変について、無関心でおられるはずはありません」

嫌悪感を覚えながらも、石原大佐の言わんとするところはいちいち沢村の腑に落ちた。常識にはかからぬが、筋は通っているのである。

「理屈はわかった。で、誰だね、君の知り合いとは。いや、咎《とが》め立てするつもりはない。けさの出来事を私的に伝えて、こうして作戦会議を開かせるぐらいなのだから、よほどの辣腕《らつわん》なのだろう。それとも何かね、知人の名を明かすのは信義に悖《もと》るか」

「さようなことはありません」

石原大佐は着席して、いささかのためらいもなく言った。

「志津邦陽大尉。有名人だから名前ぐらいはどなたもご存じでしょう」

沢村は聞き憶えのある姓名を胸の中でたぐった。二・二六の関係者か。いや、ちがう。治安維持法改正に反対して、怪文書を撒いた革新派の将校だ。

「ああ、志津閣下のご子息か」

第一部長が思いついたように呟いた。それから、若い副官には通じまいと思ったのか、背後に控える沢村中尉をなかば振り返って、

「侍従武官を長く務められていたお方だよ」

と短い解説を加えてくれた。

天皇陛下に近侍する侍従武官は、言い方を変えれば大元帥陛下の副官である。そうした将軍の

倅が陸軍の問題児であったとは知らなかった。
二・二六の悪夢がそれぞれに甦ったのか、作戦室は一瞬しんと静まった。

沢村隆《たかし》は府立中学の四年から陸軍士官学校に進んだ。一学年の員数が二百三十人程度という軍縮の時代である。だから総じて優秀であったとも言えぬが、二・二六の関係者を多く出したのは、同期生や前後の在校生が少いぶん煮つまっていたからであろう。

しかし沢村は、政治や社会にはてんから興味がなかった。もともと家が貧しくて中学以上の進学が叶わなかったから、軍人の道を選んだのである。工兵科を志望したのも、好きな物理や数学を続けられると考えたからだった。

任官後は牛込若松町《うしごめわかまつちょう》の陸軍砲工学校に学び、高等科修了後は東京帝国大学理学部の員外学生に選ばれた。陸軍将校のまま帝大に三年間通学し、理学士の学位も持つ異色の軍人である。

今年三月の卒業直前に二・二六が起きた。参謀本部付という辞令が出たのは、事件と無関係ではないと思う。陸士四十期前後の将校人事は慎重だった。

それにしても、第一部長の副官とは意外だった。そうした任務は、王道を歩む将校がつくものだと思っていた。本郷《ほんごう》の帝大に三年も通っていれば、学内に友人もできるし娑婆の風にも染まる。

思いつく理由といえば、桑木中将が砲工学校の卒業生で、東京外国語大学の員外学生としてロシア語を学んだという軍歴が似ていなくもないが、だからといって参謀本部で物理学が役に立つはずもない。

そうして右も左もわからぬまま、ただ前任者から申し送られた通りに冷汗をかきながらの副官勤務は、ようやく十ヵ月を迎える。

部隊にあれば中尉は偉い。下士官兵は必ず立ち止まって敬礼をする。まして士官学校卒は任官順にかかわらず、同階級の最右翼に立つのが慣例だった。

しかし、軍令の中枢である参謀本部では下士官兵などわずかで、参謀職は大尉以上、課長は大佐で部長は将官である。むろん欠礼を咎められることもないが、気分は二等兵のように肩身が狭かった。

それでもこのごろ、自分の存在価値に気付いた。三年間の学生生活で物理ばかりを学んでいたわけではない。専門外の学問も詰めこんだし、何よりも多くの友人を持った。その中には自由主義者も共産主義者もいた。

軍隊は隔絶された社会で、軍人は視野が狭い。兵営ならばいくらかは娑婆の風も吹きこむが、将校だらけの中央官衙《かんが》はまるで別世界だった。

選良中の選良である彼らは、湯銭もライスカレーの値段も知らない。三等客車には乗ったためしがない。自由を害悪だと信じている。

だから若い参謀たちは、しばしば副官室に知恵を借りにくる。今さら事務方の吏員には訊けぬことでも、世知にたけた後輩ならばこっそり訊ねやすいからである。沢村中尉は参謀本部における自分自身の、妙な存在価値を発見したのだった。

むろん沢村も生え抜きの陸軍将校なのだから、学生生活が狭い視野を開いてくれたことになるのだが。

たとえば、帝大では支那人留学生と親しくなった。わけてもしばしば本郷の下宿を訪ねるほどの仲だったのは、劉《りゅう》という同い齢の学生である。

彼は黄埔《こうほ》軍官学校を出た現役の陸軍中尉でもあったから、当初はむしろたがいを避けていたのだが、そのうち何かの拍子に、まったく他意なく意気投合した。沢村は支那語など知らぬが、劉の日本語は巧みで、しかも日ごと上達するように思えた。

それでもたがいの立場は弁えていて、政治軍事の話題はつとめて避けていた。両国人の気質や習慣のちがい。日支関係にはかかわりのない第三国の事情。スペイン内戦やベルリン・オリンピック。ハリウッド映画。そして物理学。劉の博識と聡明さは神を見るようだった。

劉中尉を始めとして、何人かの支那人留学生と接するうちに、沢村は日本の対支政策に疑問を抱くようになった。これほど誠実で勤勉で鷹揚な支那民族を、どうして日本人は一様に蔑むのだろう、と。

沢村の石原大佐に対する嫌悪感とは、彼がそうした日本人の独善性の権化と思えるからだった。

石原大佐はおもむろに立ち上がってふたたび卓に両手をつき、西安周辺の地図を俯瞰《ふかん》した。

「この際、情報の入手先などはどうでもよろしい。要は、特務機関が情報を分析して公式電を打つ前に、志津大尉が緊急事態であると判断して、戦争指導課あてに至急電をよこしたという次第です」

それでもやはり、土曜の晩に部長以下の幕僚を呼集するべき案件とは思えない。西安は北京からも上海からも遥かに離れた内陸の都市である。

まして共産軍が壊滅して支那の統一を見るよりも、国民政府内で内紛が起こるほうが、日本にとっては好都合なのではあるまいか、と沢村中尉は思った。

たぶん部長も参謀たちも、同じことを考えている。そして、この機に乗じて石原大佐が、何かを企《たくら》んでいるのではないか、と。

「拙速であってはならんよ」

部長が釘を刺した。出兵はならぬと言ったのである。満洲事変を企図した石原ならば、北京や上海の居留邦人保護のための、出兵としてもおかしくはない。

「まあ、話をお聞き下さい、閣下」

石原大佐は不遜《ふそん》にほほえんで続けた。

「あの張学良が、今さら蔣介石にかわって天下を取ろうなどと、考えるはずはありません。しからば兵変の理由は何か。蔣介石の掲げる安内攘外《あんないじょうがい》策への反抗。国内世論に動かされた。すなわち、共産軍との決戦を避け、要すればふたたび国共合作して、一致抗日策を取る」

きっぱりと石原が言い切ると、論理の根拠を問い質《ただ》すより先に、参謀たちは事の重大さを知って沈黙した。

蔣介石の方針はあくまで安内攘外である。つまり国内を統一したのちに対日政策にあたる。それもすでに国交が結ばれて大使の交換もなされているからには、外交上の解決が期待できる。しかし一方では、内戦の即時停止と一致抗日を求める国民世論や請願運動は、とどまるところを知らない。形ばかりの安定は限界とも思える。

石原大佐はみずから図上の兵棋を動かし、鉛筆の先を向けて現況を解説した。

「東北軍の各師団は陝北の前線を撤収して西安近郊に移動、軍司令官は于学忠《うがくちゅう》、万福麟《ばんふくりん》、王以《おうい》哲《てつ》等、みな張学良の腹心であります。なお、所属不明の騎兵二個師団があり、馬占山《ばせんざん》が指揮にあたっております」

沢村中尉は息をつめた。満洲国成立後も、ただひとり抵抗を続けている馬占山が、長城を越えて西安に現れた。子供らの「馬占山ごっこ」と同様、まさに神出鬼没である。

支那は計り知れない。軍隊がどれほど近代化されても、三国志の時代と変わらぬ伝説の英雄がいるのだ。

第一部長が言った。

「公式電を待つべきではないかね。今ここで判断を下せることは何もあるまい」

然《しか》り。それが沢村にもわからなかった。なぜ土曜日の晩に、部長以下の参謀を召集せねばならぬのか。石原大佐の独擅《どくせん》としか思えない。

「意見具申いたします。今ここで判断すべきことであります。第一師団の在京留守聯隊、および近衛師団に非常呼集をかけていただきたい。事由の第一は、万一の場合に備えて宮城をお護りするため、事由の第二は二・二六以来弛緩せる軍紀を引き締めるためであります」

なるほど、妙案かもしれない。叛乱に関与した第一師団と近衛師団に活を入れ、あわせて二・二六の記憶を断ち切る。第一師団麾下の歩一と歩三は満洲に移駐しているが、兵営には留守隊が残留していた。

あれだけ徹底した処罰をすれば、第一の事由たる「万一の場合」はあるまいけれど、第二の事由には肯ける。軍人はみな二・二六を引きずっているのである。

石原大佐は傲岸《ごうがん》な唇を引き結んで、いつの間にかぴったりと地図を囲んでいる参謀たちを見渡して言った。

「もうひとつ、戦争指導課長としての所感を伝えておく。蔣介石の生死にかかわらず、中央軍と東北軍の対決はありえぬ。安内攘外策は破棄され国共合作が成って、遠からず日支の戦端は開かれる。局地戦ではなく、全面戦争になる」

ビロードの闇が軍服に絡みついた。図上に低く下ろされた電灯の光が、ほの暗くなったように思えた。

あの留学生たちと敵味方に分かれて戦争をする。石原大佐の予言を、沢村はそう捉えることしかできなかった。

わずかなやりとりのあとで、第一部長は沢村中尉に命じた。

「参謀本部より第一師団司令部、ならびに近衛師団司令部あて。麾下歩兵聯隊に非常呼集。別命あるまで待機。尚、これは演習である」

第三章　静謐《せいひつ》な夜

8

１９３６年十二月十二日
南京

「君には哲学がない」

トンプソン教授は言った。

冷ややかに、しかも数学の解でも示すようにきっぱりと。

皮肉でも冗談でもないことには、ほほえみひとつなくそう言ったきり、ステッキにすがってベンチから立ち上がり、赤く色付いた蔦の絡まる校舎の中に消えてしまった。

魂を抜かれた僕は、教授の後を追うこともできず、均衡《きんこう》を失ったベンチに座り続けていた。思想がないと言われたほうがまだしもましだった。いや、能力がないと言われても、あれほどは打ちのめされなかったと思う。それらはこのさき努力して獲得できるだろうから。

だが、あらゆる学問の根本原理であり、個人の世界観でもある哲学の欠如は、資質を問うものにちがいなかった。読み書きも満足にできぬアルコホーリックの父母から生まれた僕に、そんなたいそうなものが備わっているはずはなかった。つまり僕は、トンプソン教授の一言を、「君には学問をする資格がない」と解したのだった。

教授はオクスフォードからイェールに、中国ふうに言うなら「三顧の礼」で迎えられた東アジア研究の泰斗《たいと》だった。

僕は週に一度きりの講義を、まるで恋人と会うくらい心待ちにし、いつも教室の最前列に座って、目を瞠《みは》り耳を欹《そばだ》てていた。

質問にも丁寧に答えてくれた。老いたなりに挙措は端整で、英語は謹厳で、その存在すべてがジョージ五世から賜《たま》わった貴族の称号にふさわしかった。

その日、僕はどうしても解明したい疑問をトンプソン教授に向けたのだった。講義の後で教授を追いかけたのは、その質問が教室では答えづらいかもしれないと、僕なりに気を回したからだった。

研究室の前庭で呼び止めたとき、もし僕の思い過ごしでなければ、トンプソン教授は不愉快そうな顔をした。機嫌が悪かったのか、それとももともと僕が好きではなかったのか。

「まあ掛けたまえ、ターナー君」

教授は紳士だった。いや正しくは、どれほど機嫌が悪くても、嫌いな人物であっても、話しかけられたからにはベンチを勧めるのが、紳士的なビヘービアだった。

僕の質問とは、植民地主義《コロニアリズム》の是非についてである。さらには、その政策の結果としての阿片戦争《オピウム・ウォー》の是非についてである。

むろんそれらは過去の歴史ではなく、今日でも既成事実として存続しているのだから、教室で質問するべきではなかった。学生たちは歴史を学んでいるのであって、現在の政治について討論すべきではないからである。

　トンプソン教授はステッキの犬の頭《かしら》に両掌《りょうて》を置いて、僕の青臭い質問をすべて聞き届けてくれた。

　彼の回答はこうだった。

「資本主義は植民地経営なしでは成立しえない。すなわち植民地主義を否定すれば、資本主義も存在しえない」

　僕は面食らった。つまり、植民地から資源と労働力を移入するという前提があって始めて、資本主義は成立するというのだ。それではまるで、奴隷制度によって国を富ませたかつてのアメリカと、同じではないか。

　仮にそうした近代資本主義のかたちが、産業革命のもたらした必然的結果であるとしても、持てる者の持たざる者に対する略奪や搾取である限り、正当な歴史であるとは言えない。

　僕はささやかな抵抗をした。

「経済学の観点からではなく、歴史的に、あるいは文化的に――」

　教授は僕の声を遮った。

「もしや君は、マルクス主義者かね」

「いえ、けっして」

「しからば、資本主義社会の住人ということになる」

　そしてベンチから立ち上がり、厚いメガネのレンズに蔦の赤をいっぱいにたたえて、冷ややかに、きっぱりと言ったのだ。

「君には哲学がない」と。

その出来事以来、トンプソン教授はあからさまに僕を避けるようになった。植民地主義に対する疑問が原因であるのはたしかなのだが、いったい何が気に障《さわ》ったのかはわからなかった。もしや、僕の言動に不作法があったかと、何度もあの前庭のベンチに足を運んでみたが、やはり思いあたるふしはなかった。

ある妄想が取り憑《つ》いた。

僕の生い立ちが知られているのではあるまいか。すこぶる成績優秀で、アスター財団が「英雄の遺児」として支援する学生の正体が、実はトライベッカの貧民窟から這い出した、薄汚い子供なのだと。

思い余って慈善団体の事務所に行った。僕のプライバシィを、何から何まで大学に報告しているのではないかと疑ったからだった。

家に帰るやいなや、真昼間から飲んだくれている母親を罵倒して、パンよりも大切にしている酒瓶をひとつ残らず窓から投げ棄《す》てた。

妄想は去らなかった。誰もが僕を蔑んでおり、僕のずば抜けた成績にのみ上ッ面の敬意を表して、ノートを写したり漢字の筆順を教わるときだけ、おためごかしの笑顔を向けていると信じこんだ。

あのころの僕は、精神を冒されていたのだと思う。だがそうした病気ならば、医者に通わずとも時間と環境が、多少なりとも癒《いや》してくれるはずだった。やがて妄想は、僕の性格と親和してしまった。孤独で偏屈で、猜疑心《さいぎしん》ばかりがやたらと強い、ジェームス・ターナーの一丁あがりだ。

ああそれにしても、南京は何とロマンチックな町なのだろう。

こうしてホテルの窓辺に倚《よ》り、芳しい茶を喫しながら街衢を見下ろしているだけで、僕の心は陶然とする。

もう何もいらない。このまま紫檀《したん》の椅子《いす》にでも、漆喰の壁にでもなってしまいたい。

二千五百年前、つまりイエス・キリストが誕生する五百年も前の春秋時代に、越王勾践《えつおうこうせん》が営んだという古都である。その後は多くの歴代王朝がここを都とし、近くは太平天国《たいへいてんごく》の国都となり、そして今は中華民国国民政府が置かれている。

南京には都の風が吹いている。道路は広く堂々として、常緑の木々が豊かで、人々は泰然と生きていた。まるでここにだけ特別な時間が流れてでもいるように。

僕は今、上海であれほど浮かれ上がっていた自分を恥じている。僕が中国だと思っていた都市は、中国にあって中国ではない、上海という場所だった。

たとえば、上海は旧城域から外に際限なく膨張して世界有数のメガロポリスとなったが、南京は今も概《おお》ね、城壁に囲まれた旧市街の中に収まっている。それでも全市の人口は百万人を数え、二十の城門を備えた長大な城壁は、二十一マイルにも及ぶ。

しかし、上海のような混沌《こんとん》はない。過密であるはずなのにそうと思えないのは、人の動きが遅いせいだと気付いた。

ここでは誰もがゆっくりと大股に歩き、自動車も速度を上げなかった。城市の北には揚子江《ヤンツジャン》が望まれ、東には玄武湖《シュエンウーフー》が拡がり、西は一面の湖沼地帯である。そして城外の山裾には、明《みん》代の皇帝の陵に並んで、神格化された孫中山《スンチョンシャン》の陵墓が営まれていた。

上海からわずか二百マイルの場所に、かくも風光明媚な古都があろうとは考えてもいなかった。多くのアメリカ人の例に洩れず、地図から風景を想像することのできない僕は、そこが上海と同様にすっかり近代化された中華民国の首都だと考えていたのだった。だが南京にこそ、僕が長く学びかつイメージしてきた中国があった。

ホテルの窓の下の、すっかり葉を落としたプラタナスの並木道には、物売りが店を並べている。

落花生売り。棗《なつめ》売り。古着屋。菓子屋。卵売り。造花売り。客を呼ぶ声は独得の符丁なのか、僕の耳では聞き分けられない。

刃物研ぎ。鋳掛《いかけ》屋。はては割れた陶器を魔法のようにつなぎ合わせる修繕屋。職人が多いのは、中国人がいかに物を大切にし、またいかに手先が器用かを如実に表している。

彼らはあくせくと商売をしているわけではない。石畳の道が温《ぬく》まったころに集まり、定められた場所に筵《むしろ》を敷き、意味のわからぬ符丁で客を呼び、かと言って無理強いするわけではなく、ただその一日を日光浴のように漫《そぞ》ろに過ごして、また甃《いし》の冷えぬうちに帰ってゆく。

客室の窓の下に展《ひろ》がるその風景を、僕はけっして見飽きなかった。

そして見果てぬままに、かつて僕を痛罵したトンプソン教授のことを思い出したのだった。もしや僕の質問は、偉大な中国史家のアキレス腱だったのではあるまいか。そこを射ぬかれればどんな英雄だろうがひとたまりもなく斃《たお》れてしまうほどの。

資本主義は植民地経営なしでは成立しえない。もしそれが真実であるとしたら、僕らが僕らの文明として信じている近代資本主義は、けっして人類の進歩の結果ではなく、利己や独善といった獣性への退行なのではあるまいか。そしてその事実を人類の退行とせぬためには、共産主義者ではない資本主義社会の一員として、アキレスの踵《かかと》を狙い撃ってはならない。われわれの幸福のために。われわれだけが英雄であり続けるために。

小姐《シャオジエ》が湯を運んできた。ホテルには唐子髷《からこまげ》を結ってシルクの中国服を着た愛らしい娘たちが大勢いて、頼みもしない用事を見つけては、しばしばゲストルームのドアをノックする。用事が見つからなくても、「何かご用はありませんか」と言う。どれも十歳からせいぜい十二歳ぐらいの、いたいけな娘であるから、無下に追い返すわけにもいかない。

茶碗に熱い湯を注ぎ足し、一枚の銅貨を受け取ると、小姐はにっこりとほほえんだ。その笑顔が資本主義とやらへのお追従《ついしょう》だとわかってはいても、僕は苦笑を返さずにはいられない。「資本主義社会の住人」として。おそらく僕らの手渡す銅貨が、彼女らの収入のすべてであろうから。

プラタナスの並木道には、煉瓦塀で囲まれた無数の路地が合流していた。ようやく人がすれちがえるほどの小径《こみち》である。そしてその奥にはたいがい、人相のよからぬ阿片売りの男がしゃがみこんでいた。

彼らが指先で捏《こ》ねる阿片の玉は、さまざまの混ぜ物をした最下等の代物にちがいない。

上海では街なかで堂々と売られているが、さすがに首都南京では取締りもあるらしく、彼らは物売りの背中に隠れるようにして、険しい目付きだけで客を引いていた。

中国は地大物博で、自給自足のできる世界で唯一の国である。しかしそれでは貿易が成り立たぬから、イギリスは茶葉や陶器や絹を輸入する見返りとして、インド産の阿片を売りつけた。そして、買わぬとなれば戦争をしかけた。植民地主義は阿片戦争という結果をもたらした。

仮に近代資本主義と植民地主義が不可分の関係にあるとしても、阿片戦争はあってはならぬ蛮行だった。それを合理的に説明しようとすれば、イギリス人は十字軍の時代にまで退行しなければなるまい。

だから僕は、西太后《シータイホウ》を悪女とし、李鴻章《リイホンチャン》を売国奴とするヨーロッパ史観は信じない。袁世凱《ユアンシイカイ》や張作霖《チャンツオリン》が、悪党であったとも思わない。なぜなら彼らがみな悪人でなければ、十字軍を派遣する理由がないからである。

「君には哲学がない」

あれから十年が経ち、中国の地を踏んで初めて、僕はトンプソン教授の真意を知ったように思った。

踵を狙われたアキレスが、逆上し、棍棒を振りかざしてそう叫んだのだ。

教授の言う「哲学」とは、学問の根本原理でも、個人の世界観でもなくて、苦しまぎれの叫び声でしかなかった。もっとも、学問を志す若者にとって、相当に効果のある痛打だったのはさすがと言うべきだが。

もう一度めぐりあえたなら、老いた背を抱きしめて、こう言ってやろうと思う。

「教授、あなたには哲学がなかった」

むろん僕の囁く「哲学」はアキレスの叫び声ではなく、学問の根本原理であり、個人の世界観を形成する「哲学」のことだ。


ところで、一番列車で上海を発った朋友たちが、そろそろ到着する時刻である。

朝日新聞記者の北村《ペイツゥエン》。日本軍特務機関の工作員、志津《ヂージン》。僕らは初めて会った翌日、「朋友」の契りをかわした。と言っても、まさか鶏《にわとり》の血を飲んで義兄弟になったわけではない。情報を得るための努力と、情報の共有。少くとも僕にとっては、悪い話ではなかった。

丸二日間、僕らはアスターハウスのスイートルームに立て籠《こも》って、それぞれの情報を披露し、現況の分析をした。いったい西安《シーアン》で何が起きているのか。

そうは言っても、僕がたいした情報を握っているわけではない。しかし彼らは、ニューヨーク・タイムズの特派員の意見を、国際世論と考えて尊重してくれた。どうやら彼らにとって、アメリカ人ジャーナリストの客観性はとても重要な情報であるらしかった。

現在の中国には、三人の登場人物しかいない。中華民国国民政府と中国共産党、そして日本である。つまり、聡明な朋友たちは、僕を忌憚《きたん》なき感想を述べるひとりの観客として迎えてくれたのだった。

志津大尉《キャプテン・ヂージン》が日本軍の機密と思える事項まで、かるがると口に出したのは意外だった。「記事にしていいのか」と僕が訊ねれば、彼は必ず、「没関係《メイグワンシイ》」と答えた。話したことはすべて書いてさしつかえない、書かれて困ることはしゃべらない、という意味がこめられていた。

たとえば、こんな情報があった。

西安への交通と通信を遮断しているのは、張学良《チャンシュエリヤン》軍ではなく中央軍だというのである。つまり蔣介石《ジャンジエシイ》は、張学良が督戦に応じなければただちに東北軍と中央軍を交代させる肚積りで、西安に乗りこんだ。

「脅迫だよ、これは」

ベッドの上に拡げた西安近郊の地図を指し示しながら志津大尉は言った。

「西安から撤退すれば、戦略目的を失った東北軍は分散配置されるだろう。つまり、張学良の私兵とも言える東北軍は解体され、消滅する」

軍人でなければ、こうした情報を入手し、かつ分析することはできまい。

追いつめられているのは毛沢東《マオヅォトン》ではなく、張学良なのだ。しかも東北軍は、軍司令官がヨーロッパで阿片を抜いている間に、いいようにこき使われ、消耗し、疲弊しきっていた。

僕が上海に着任して、初めて書いた記事はそれだった。支局長は一読するや、驚くよりも訝《いぶか》しげに僕を見つめて言った。

「ジム。いったいどこからこのネタを」

「日本軍から。それ以上は言えません」

イェール大学で学位を取得しており、中国語の会話ばかりか読み書きも達者で、なぜかアスターハウスのスイートルームに住んでいる謎めいた特派員。以来、支局長は僕の仕事に何ひとつ口を挟まなくなった。

しかし、いつまでもアスターハウスの311号室で、周恩来《ジョウエンライ》の残り香を嗅いでいても始まらない。

上海で集める情報はデマゴギーとゴシップばかりだし、要人のインタビューを申し込めば、何人もの「秘書」に金をふんだくられたあげく実現しない。

思い立ってフランス租界にある張学良《チャンシュエリャン》の留守宅を訪ねたところ、いきなり僕の胸につきつけられた銃口は東北軍の衛兵のライフルではなくて、黒繻子《くろじゅす》の長袍《チャンパオ》の袖《そで》に隠された、ギャングの拳銃だった。

僕は「国際世論の代弁者」として朋友たちの役に立っているとは思うが、やはりひとりのジャーナリストとして、彼らに情報を提供したかった。

彼らにはできず、僕にはできることと言えば——そう、南京の取材だ。

北村《ベィツゥエン》は数日前に、身の危険を感じて南京から上海へと避難してきた。中国全土から「内戦停止・一致抗日」をスローガンとする学生たちが首都に押し寄せ、とうてい取材どころではないらしい。また志津《ヂージン》の話では、日本のスパイもあちこちで行方不明になっているという。

実際、中国国内における抗日運動は際限なくエスカレートしていた。

八月には成都《チョンドゥ》で日本旅館が暴徒の一団に襲われ、二人の新聞記者が殺害されて、同宿の南満洲鉄道社員と貿易商が重傷を負っていた。

翌九月には広東《カントン》省北海《ベイハイ》市で日本人の家庭が襲われ、略奪を受けたうえ主人が刺殺された。同月、漢口《ハンコウ》の日本租界内をパトロールしていた日本人巡査が、背後から銃撃されて即死した。

さらには上海共同租界内でも、日本海軍の水兵が上陸休暇中に発砲され、一名が死亡、二名が重傷を負った。

それらはみな、ニューヨーク・タイムズに転載するほどのニュースではなかったが、現地新聞にざっと目を通しただけでも、そんな具合に見つかるのだから、報道されないものや明るみに出ない事件は数知れないだろう。

むしろこれまでの例に照らせば、日本が居留民保護のために出兵しないことがふしぎに思えた。

僕のその疑問について、二人の見解は異なっていた。

北村は言った。

「二・二六の事後処理で、今は中国どころではない」

日本は僕の担当外だが、ニューヨーク・タイムズの社説によれば、「意味のわからない、動機も要求も見出せない、おそらく日本人固有の精神性に基《もとづ》くクーデター」である。そうした出来事の後始末ならば、たしかに出兵どころではないだろう。

志津は言った。

「満洲国の建国によってソ連邦の脅威は除かれた。華北ならともかく、華南に出兵する必要はない」

つまり、日本陸軍の仮想敵はソヴィエトだが、海軍の仮想敵はアメリカだから、中国南部における紛争解決は海軍の領分、というわけである。言われてみれば、上海の警備にあたっているのは日本海軍の陸戦隊であり、ライジング・サンの軍艦旗を掲げた艦艇が、しばしば黄浦江《ホワンプージァン》を行き交っていた。

二人の見解はどちらも正しいだろう。つまりその両方の理由により、日本はかつての場合とちがって、抗日運動を無視しているのである。

しかし、そこで僕は考えた。

日本陸軍の敵はソ連。海軍はアメリカ。と言うことは、天皇の軍隊には中国を敵とした戦争のメソッドがない。五年前の満洲事変は、伝統的に練り上げられた対ソ作戦のメソッドによって一方的な勝利を収めたが、長城以西となればそうはいくまい。白紙の戦争を仕掛けるほど、日本軍は向こう見ずではないだろう。

だとすると——僕の推理は飛躍した。

日本が最も忌避すべきは共産思想。絶対君主制も資本主義経済も、こればかりは容認できない。

そしてもうひとつの懸念は、満洲事変の結果ほとんど戦わずに父祖の地を追われた、張学《チャンシュエ》良《リャン》将軍と東北軍。

つまり共産軍と東北軍が戦ってたがいに消耗するのは、日本にとってとても好都合なのではあ

主要登場人物 ——兵諫

ジェームス・リー・ターナー　ニューヨーク・タイムズ社員。中国語通訳兼翻訳者。

トーマス・エリオット・バートン　ニューヨーク・タイムズ記者。清朝末期の中国特派員を三十年以上務め上海で殉職した。

村《むら》中《なか》孝《たか》次《じ》　元陸軍歩兵大尉。二・二六事件の首謀者の一人として死刑が確定している。

志《し》津《づ》邦《くに》陽《あき》　陸軍歩兵大尉。上海特務機関員。かつて天皇陛下の密命により張作霖《チャンツオリン》爆殺事件の真相を調査した。

蔣《ジャン》介《ジエ》石《シイ》　中華民国国民政府最高指導者。軍事委員会委員長。

張《チャン》学《シュエ》良《リャン》（漢《ハン》卿《チン》）　馬賊から東北軍閥の領袖となった張作霖の長男。父から東北軍の他に天命の具体・龍玉《ロンユイ》をも引き継いでいる。

楊《ヤン》虎《フー》城《チョン》　西北軍閥の領袖。張学良とともに蔣介石の下で共産党軍との戦いに当たっていた。

吉《よし》永《なが》将《まさる》　陸軍大佐。陸軍大学校教官。張作霖爆殺時、軍閥の軍事顧問として列車に同乗していた。

永《なが》田《た》鉄《てつ》山《ざん》　陸軍少将。軍務局長。士官学校時代、吉永将の実家を日曜下宿にしていた。

北《きた》村《むら》修《しゅう》治《じ》　朝日新聞記者。

穂《ほ》積《づみ》良《りょう》一《いち》　外務省情報部員。

主要登場人物――兵諫（つづき）

周恩来《ジョウエンライ》（翔宇《シャンユー》） 共産党幹部。1934年に洋行帰りの張学良を自宅に訪ね、国共内戦の停止を訴えたことがある。

笹井義夫《ささいよしお》 近衛歩兵第一聯隊上等兵。

石原莞爾《いしわらかんじ》 陸軍参謀本部戦争指導課長。1931年に始まる満洲事変を主導した。

沢村隆《さわむらたかし》 陸軍参謀本部中尉。

馬占山《マーチャンシャン》（秀芳《シウファン》） 張作霖馬賊の若頭から東北軍将軍に。1932年の満洲国建国に一度は賛同するが、対日徹底抗戦を掲げゲリラ戦を展開し続けた。

陳一豆《チェンイードウ》（剪髪《ジャンファ》） 北京で床屋の徒弟だったが徴兵され、張作霖、張学良の護衛官を務める。

宋子文《ソンヅウエン》 実業家。政治家。浙江《ヂウジァン》財閥の一員として、姉の夫であった孫文《スンウエン》の他に、蔣介石、張学良を支えた。

宋美齢《ソンメイリン》 蔣介石の妻。宋子文の妹。

王逸《ワンイー》 清朝末期に官僚から軍人に転じ、下野後、毛沢東《マオヅォトン》の家庭教師となった。

李文瑞《リイウエンルイ》 張作霖馬賊の一員で張学良から龍玉を託されている李春雷《チュンレイ》の息子。

宋教仁《ソンジアオレン》 孫文らと国民党を結成し中心的役割を果たすが、1913年に上海駅頭で暗殺された。

るまいか。だから今は抗日運動などは無視して、陝西省《シャンシー》の戦況を見守っている。

「日本と蔣介石《ジャンジエシイ》の間には、不戦の密約でもあるんじゃないかな」

僕は思いついたまま言った。なかばジョークで。北村《ベイツウエン》も志津《ヂージン》も答えようとはしなかった。ただ黙りこくって、北村はソファで莨《タバコ》を吹かし、志津は窓辺に佇んでコーヒーを啜っていた。

彼らも疑っているのだろうか。それとも僕の突飛な推論について、考えこんでいたのだろうか。いずれにせよ感情が顔に出る連中ではない。

沈黙の後で志津大尉《キャプテン・ヂージン》がおもむろに振り返った。上等なホームスパンの背広の、チョッキのポケットに指をさし入れて、志津は僕と北村を交互に見つめた。

「行政院の現閣僚は、九人のうち五人が日本の高等教育を受けており、日本語を話す。むろん蔣介石も同様だから、政府首脳の十人中六人が、親日家とは言わぬまでも容易に意思疎通ができる」

外交上の手続きを経ずに、密約を交わすパイプはいくらでもある、という意味だろう。

「喂《ウェイ》、喂、図星かよ」

僕が驚いて問い質すと、志津は笑いながら「俺はそんなに偉くないよ」と言った。

北村の話す中国語は、僕と同様にアカデミックで硬質だが、志津の会話は洒脱《しゃだつ》で柔らかかった。中国人になりきって潜伏するために、そうした話術を身につけたのだろうか。

あんがいなことに、南京は平穏だった。

支局員たちの話によると、蔣介石《ジャンジエシィ》のいない南京でいかに請願運動をしたところで効果はないと知った学生たちは、戦法を変えて西安《シーアン》に向かったらしかった。

交通が遮断されている西安に、どうやって行くのかとも思ったが、運動の先頭に立っているのは学生でも支援者は多くあって、というより「内戦停止・一致抗日」はほとんど国民の総意なので、デモ隊を輸送するための列車は動き、あちこちの工場からはトラックが集まってきたのだった。

国家に対する学生たちの請願運動は、中国のたくましき伝統だ。彼らは自分たちが国家の未来を担うという自負心から、現在を看過しない。そして、国家の未来に銃は向けられないと知っているから、必ずデモの先頭に立つ。

むろん、略奪や暴行は彼ら学生たちのしわざではない。彼らの情熱がヒステリックに高揚して、暴動を招いてしまうのである。

そうしたわけで、僕の到着した南京にはシュプレヒコールもプラカードもなくて、ただただかぐわしい古都の風が、僕を陶然とさせたのだった。

これならば、朋友たちを呼び寄せても危険はないと思い、市の中心部からははずれているが、中山北路のホテルを取った。アメリカ大使館に近く、日本大使館もそう遠くはない。

それにしても――ちょっと遅すぎやしないか。

ぼちぼち店じまいを始めた物売りたちを見下ろしながら、もしや何かあったのではないかと僕は気を揉んだ。

9

夕陽に瞼を射《い》られて、北村修治は目覚めた。

列車は玄武湖のほとりの、砂洲と湖沼に囲まれた鉄橋の上に停まったままだった。

いったい幾時間こうしているのだろう。よりにもよって、たいそう不安定な場所である。ただし朱色に染まった江南の風景は美しい。乗客たちは眠っているのか景色に見惚《みと》れているのか、やかましい会話は絶えていた。

玄武湖の対岸には、南京の城壁が望まれた。それらは人工の建築物とは思えぬほど、入陽《いりひ》を背負った山なみのように、黒々と続いていた。

悲しい夢を見た。

虹口《ホンキュウ》の裏路地で、死んだ女房が秋刀魚《さんま》を焼いていた。七輪《しちりん》を破《や》れ団扇《うちわ》であおぎながら、「さんま、さんま、さんま苦いか塩《しょ》っぱいか」と唄っているのである。

そればかりくり返しているのは、詩心のない北村がその後先を知らないからだった。

さんま、さんま、さんま苦いか塩っぱいか。

アパートの煉瓦壁にもたれて、尻で拍子《ひょうし》を取りながら、おかっぱ頭の少女が女房の声に和していた。誰であるかはわかるのだが、少女に名前はなかった。

「ただいま」

さんま、さんま、さんま苦いか塩っぱいか。

またひとしきり唄ったあとで、妻は北村に気付いて立ち上がった。割烹着《かっぽうぎ》の白さが眩《まば》ゆかった。

「おかえんなさいまし」

妻はそう言いながら頭を下げ、娘もそれに倣《なら》って「おかえりなさい」と言った。しかし少しも嬉しそうではなかった。

「おや、たまに早く上がってきたのに、いったい何が悲しくって泣くんだね」

すると妻は、「いえね、煙《けむ》が目にしみただけ」と言った。それから何をするでもなく、二人してまた「さんま、さんま」と唄い始めた。

北村は娘に向かって、決めあぐねていたいくつかの名前を、片ッ端から呼びかけた。だが娘はどれにも答えてはくれなかった。

いいかげんな名前さえ尽きたところで目が覚めた。もういちど会いたいと思って瞼をとざしても、夕陽は北村を赦《ゆる》さなかった。

「ああ、ぐっすり寝ちまった」

対《むか》いの座席で志津大尉が伸びをした。ソフト帽を窓にかざして風景を眺め、それから腕時計の時刻を検めて、「何かありましたかね」と呟いた。

早朝発の急行列車は、蘇州《そしゅう》でも無錫《むしゃく》でも長く停車した。その先はのろのろと走った。もっとも、支那の鉄道では珍しいことではない。そんなときには何かあったかと疑うよりも、乗り合わせた不運を感ずる。しかし城壁の見えるところまで来て幾時間も停まったままなのは、さすがに変事を予感させた。

二等車はすいている。後ろの席では品のよい老夫婦が無言で落花生をつまんでおり、ほかにもぽつりぽつりと座る乗客は、みな閑暇を持て余していた。

一番列車に乗るからには、本日の予定は誰しもあるはずなのに、不満げな顔はひとつもない。支那人の鷹揚さゆえか、それともこうしたとき苛立つのは日本人だけなのか。

しかし考えてみれば、どうしようもないのである。狭い日本なら何か方途があるかもしれぬが、支那では「没法子《メイファーツ》」とあきらめるほかはない。

車両の端には背広姿の屈強な男が二人、通路を挟んで座っている。隣の一等客車に乗る客の護衛である。列車が上海を出るとじきに、ひとりがやってきて偉そうに物を訊ねた。しかし北村と志津がそれぞれに名刺を差し出せば、無遠慮に風体を睨《ね》めつけただけで席に戻って行った。「軍人だ」と志津大尉は言った。どうやら同じ軍人の匂いを嗅ぎ分けたらしかった。

「やっこさん、さぞやきもきしとるでしょうな」

遥かな城壁に目を細めながら志津大尉が言った。ジェームス・ターナーには到着時刻を伝えてある。

南京のデモ隊は西安に向かったらしい。いったいどういう連絡網があるのか、彼らはてんでんばらばらのようでありながら、いざというときにはすばやく結集し、行動する。

それで北村と志津は、危険の去った南京に前進しようと決めた。しかし十四時の到着予定がこの時刻になっても音沙汰ないのでは、ジェームス・ターナーも気が気ではあるまい。

「ところで、志津さん。あなた、ジムに無警戒すぎやしませんか」

「怪しい人間じゃないでしょう」

「いや。そうではなく、情報を渡しすぎているんじゃないかとね」

「ケチなことは言いなさんな」

と、志津大尉は苦笑いした。それから、けっして軍人には見えぬ笑顔のまま続けた。

「僕なりに情報の選別はしていますよ。書かれて困るような話はしていません。そんなことより僕は、彼の意見を聞き出したいんです。新聞記者の声はすなわち公論でしょう」

「いや、そうとは限りません。少くとも私は、日本の世論を代表しているわけではない」

志津大尉は「いいえ」ときっぱり否定した。

「北村さんはリベラリストです。あなたの考えが世論だとは言えぬにしても、新聞が世論を醸成するのはたしかでしょう。まして、リベラリズムの牙城をもって鳴るニューヨーク・タイムズならば」

「誰も彼も、そう買い被らんで下さい」

だが北村には、志津の真意が伝わった。実は新聞に何を期待しているわけではない。ジェームス・ターナーという、さほど場慣れのしていない記者の反応は、アメリカの世論、ひいては国際世論に近いと考えているのである。つまりジムが「不是《ブーシイ》」と否定すれば、日本の方針や行動は世界の反感を買っており、「是的《シイダ》」と理解を示せば国際世論もあらましそうなのだろう、と。

「僭越でした。ご放念下さい」

「何ですか、堅苦しい」

志津大尉の膝が、こつこつと北村の膝に当たった。

この軍人が二・二六の青年将校たちと行動を共にできなかったわけが、わかったような気がした。

情熱家ではあっても、情に絡むことがない。精神性を嫌悪し、何でも理詰めで物を考える。それは軍人としての適性ではあるが、一方で郷党意識の強い日本軍には不適とも思える。いわんや天皇至上主義の青年将校たちには、辟易《へきえき》していたのではあるまいか。

だとすると、謀略や政治工作を主任務とする特務機関員は、適職だと思えるのである。

「同じ新聞記者から見ると、彼はどうなんでしょうね」

「年齢のわりには現場経験が浅いようですな。よく言えば汚れていない。悪く言うなら、垢《あか》抜けない」

「ほう、なるほど。そこまでわかりますか」

「それァ、言語と肌の色がちがうだけで、仕事はまるで同《おん》なしですからね」

「今の支那に、よく出しましたね」

「支那語のできる記者が少いんじゃないでしょうか。それに、イェール出身の学者肌ですからねえ」

それ以上は言うまい。長く支那に勤務して、世界各国の記者たちと知り合った。能力はさておくとして、変わり者が多いのはたしかだと思う。共産主義者、神秘主義者、西洋史観に偏向した差別主義者。要するに本国では扱いかねる連中が飛ばされてくる。そして都合のよいことに、混沌たる中国はそれらの変人たちを、みな納まりよく呑《の》み込んでしまうのである。

もっとも、自分もそのひとりかもしれない。あるいは、志津大尉も。

そう考えると、はじき出された男たちが支那に呑み込まれて、たまたま同じ居場所に納まったような気がしてきた。見えざる力に引き寄せられ、あのアスターハウスのラウンジで落ち合った。

「請問一下《チンウエンイーシャア》――」

便所から戻ってきたらしい護衛官を、志津大尉がいきなり呼び止めた。

上海を出発したあと、二人を「職務質問」した私服の軍人である。日本人から物を訊ねられて知らん顔もできず、男はぶっきらぼうに「啊《アー》、什麼《シェンモ》」――何だね、と言って立ち止まった。

「お役目、ご苦労様です」

握手をすると見せて、志津が男の掌《て》に折り畳んだ紙幣を握らせた。そのまま実にさりげなく、まるで旧知の人と出会ったかのように、男を隣の席に引きこんだ。

「おいおい、困るよ」

「いいじゃないですか、顔見知りの日本人ということで。いえね、南京で大切な商談があるのですが」

男は通路ごしに相方を振り返り、「かまうな」というふうに指を振った。

「然后呢《ランホウナ》？」

それで、と男は質問を促した。二人の名刺はすでに渡してある。志津大尉は大倉商事の課長という肩書だ。

「事と次第によっては、二十万元の取引きがふいになります」

「俺とは関係ない」

「好《ハオ》、好、それはごもっともです。しかし、事情がわからなければ手の打ちようがない。教えて下さいな、いったい何があったんです？」

志津は男を宥めすかして莨《タバコ》を勧めた。とうてい新聞記者にできる芸当ではない。護衛官の背広の胸には、銃嚢《じゅうのう》に収められた拳銃の尻が覗《のぞ》いていた。

「俺は知らんよ。機関車の故障だろう」

「列車に政府の要人がお乗りなのは、何かあったからなんでしょう？」

そこで志津は、護衛官にまた紙幣を握らせた。そそくさと背広のポケットに札を押しこんで、護衛官は驚くべき情報を洩らした。

「西安《シーアン》で兵変《ビンビエン》があった。張学良《チャンシュエリャン》が蔣《ジャン》委員長を殺したらしい。南京には戒厳令が布《し》かれたから、列車が進まぬのはそのせいだろう」

北村は息を詰めた。

張学良が蔣介石を殺しただと？

「俺が知っているのはそれだけだ。命が惜しいのなら、めったな口は利きなさんなよ」

護衛官はそう言い置いて立ち上がり、「一定再来《イーディンツァイライ》」——いずれまたそのうち、とわざとらしい愛想を言って去った。

列車が動き始めた。車内に安堵《あんど》の声が上がった。

「さて、どうする——」

志津の表情は緊張していた。列車は玄武湖を巡りながら速度を増した。夕陽はいよいよ朱を拡げて、空も湖も漆《うるし》を刷《は》いたようなひといろに染まっていた。このまま見知らぬ別世界に拉《らっ》し去られるような気がした。

「とんだ特ダネですがね」

抗日運動が盛んになって以来、南京支局は閉鎖されている。すると、上海支局から電を打つほかはないのだが、戒厳令が布告されているとなれば、その上海との連絡もままならぬだろう。

志津が気の毒そうに言った。

「宝の持ち腐れ、ですか」

支那では珍しくもない局面である。特ダネを握りながら、交通も通信も遮断されていて報告ができない。やっと方法を見つけたときには、各社が追いついてしまっている。満洲事変の戦況などは、ずっとその連続だった。

「いえ、朝刊の締切まではまだ時間があります」

上海に戻る列車は当分あるまい。自動車では間に合わぬ。戒厳令下で生きている通信回線はおそらく、大使館と軍と新聞社、通信社。しかし他社の支局から特ダネでもあるまい。

妙案がうかんだ。ニューヨーク・タイムズの南京支局から、朝日新聞の上海支局に電話を入れる、というのはどうだ。それならば特ダネを争う関係ではなし、ジムもいやとは言わないだろう。なにしろ情報を共有しようと申し合わせながら、彼の提供してくれるニュースは何もないのである。

「ここは、やっこさんに一肌脱いでもらいますよ」

北村は水を向けるつもりで言った。困っているのは志津も実は同様だろうと思ったからだった。

中華民国の首都である南京には、日本の駐支大使館が置かれているが、諸国の例をたがえて駐在武官が赴任してはいない。上海に陸海軍の武官府が設けられているのである。去る昭和六年以降、外務省と軍部との対支方針があまりにも異なりすぎて、一元的な任務の遂行が不可能になったからだとされる。つまり早い話が、性格の不一致とやらで別居したのである。

すると、志津大尉はこの事態を報告しようにも、特務機関も武官府も上海にあって、しかも南京には軍の窓口がない。大使館を通じて軍に連絡を取るのは禁忌、という手詰まりであるにちがいなかった。

「いや、北村さん。あなたにとっては妙手であっても、僕が同じ方法を使うわけにはいきません」

安易に情報を渡しているようでありながら、志津には節度があるのだと北村は知った。ジャーナリズムに国境はないが、軍人にとっての外国は等しく「敵」なのである。よって、ニューヨーク・タイムズを経由して軍の情報を流してはならない。当然の判断だった。

志津大尉は腕組みをして目をとじた。もしや居眠りをしているのではないかと疑うほどそうしたあとで、ふいに結論を見たように言った。

「大倉商事の回線は、たぶん生きているでしょう。貿易商はそれほど甘くはありませんからね。たとえ封止されていても、通信手段は確保してありますよ。それよりも問題は――」

夕陽を受けて紅潮したように見える志津大尉の顔が、北村の耳を呼び寄せた。

「参謀本部に至急電を打って、兵変だのクーデターだのはありますまい。中央省部の参謀たちは二・二六の神経衰弱に罹ってますからね。そこいらを思いやるのが、肝心だと思うんです」

玄武湖の汀《みぎわ》が車窓から去ると、南京の巨大な城壁が、のしかからんばかりに近付いた。

10

サイレンが響き渡った。

どうした。いったい何があった。

僕は窓を押し開けて、たそがれの街衢を見渡した。露天商の多くは引き揚げていた。街灯の下の散髪屋と前掛けをつけたままの客が空を見上げていた。

「火災《ホオザイ》？」

僕が大声で訊ねると、散髪屋は鋏《はさみ》を振りながら「不対《ブートエ》、不対」と答えた。

「よくは知らねえけど、西安《シーアン》で何かあったらしい」

キャタピラをキリキリと鳴らして、青天白日旗を掲げた装甲車がやってきた。陽気な散髪屋も首から布を垂らしたままの客も、びっくりしてプラタナスの幹に身を隠した。

砲塔に立つ国軍の兵士が、メガホンを構えて何か叫んでいる。「ジエイエンリン」という単語を耳が拾った。兵士はさかんにその言葉をくり返していた。

ジエイエンリン。人の名前か。そのジエイエンリンがどうかしたのか。

ホテルの窓枠を痺れさせて装甲車が行ってしまうと、続いて憲兵隊のオートバイが来た。サイドカーに乗った将校が立ち上がって、やはり「ジエイエンリン」と連呼していた。

「商店はただちに閉めよ。今すぐにだ。市民の外出を禁ずる。家に帰れ、立刻《リーク》、立刻！」

それでわかった。戒厳令《ジエイエンリン》だ。しかし、西安で何が起こったにしろ、東に八百マイルも離れた南京に、なぜ戒厳令が布告されるのだろう。たぶん南京と西安は、ニューヨークとシカゴぐらい離れていると思う。

これが上海ならば、たちまち大混乱に陥るところだろうが、古都の住民たちはさほど気にする様子もなく、悠然と構えていた。

冬の太陽は西の城壁に沈み、風景は灰色に染まっている。うすぼんやりと灯《とも》る街灯の下で、散髪屋は客の頭を刈りおえた。

「何があったんだね」

僕は店じまいにかかる散髪屋に訊ねた。

「さあな。何があろうと知ったことかね。露天の剪髪《ジャンファ》はご覧の通り、椅子と鋏だけが商売道具でしてね。そのうえ、どこの兵隊だろうが同じように髪も伸びるし髭も生えるもんで、食いっぱぐれはねえんでさあ」

それだけを言うと、散髪屋は鋏や剃刀《かみそり》を道具箱に納め、椅子をぶら下げて立ち去った。

サイレンは鳴り続けていたが、あちこちの路地からは人々が涌《わ》き出てきた。外出禁止となれば、まずは食料を買い求めねばならないのだろう。しかし慌《あわただ》しさはない。見知った顔が路上で噂話を始め、その噂に野次馬が集まり、やがて巡査がやってきて追い散らす。そのくり返しだった。

デスクのボタンを押してバトラーを呼んだが、いくら待ってもドアはノックされなかった。バトラーが不在のときはボーイがくるはずなのに、しばらくしてから現れたのは例の小姐《シャオジェ》だった。唐子髷の妖精たちの中では年かさの少女である。たぶんバトラーかボーイに言いつかって、かわりの御用聞きにきたのだろう。

「你有什麼《ニイヨウシェンモ》事嗎《シーマ》?」――ご用は何でしょうか。

玉を転がすような声で小姐が訊ねた。

「いったい何があったんだね」

役に立つとは思えないが、聞くだけは聞いてみた。

「不知道《プーヂーダオ》」と小さな顎《あご》を振ったあとで、「可是《クーシイ》、たぶん――」と小姐は付け加えた。僕はすかさずドアを閉めて、小さな掌《てのひら》に三枚の銅貨を奮発した。

「お客様にはめったなことを言うなって」

「教えてくれ。ここだけの話だ」

「共産軍が西安《シーアン》に攻めてきて、蔣《ジャン》委員長が捕虜になったって」

ありえない。共産軍は陝北《シャンベイ》地方の山間部に追いつめられている。盛り返して攻勢に転ずるはずはなかった。しかも南京政府は、「あと二週間で、遅くとも一ヵ月で共産軍を殲滅し、統一を完成させる」と公言しているのである。

「誰がそんなことを言ってたんだね」

「みんなが言ってます。南京にも共産軍が攻めてくるって。でも、お客様が引き揚げてしまうから、めったなことは言っちゃいけないの」

「謝謝《シエシエ》。誰にも言わないから安心して」

三枚の銅貨がよほど嬉しかったのか、小姐は舞うようにして部屋を出て行った。

西安。散髪屋もそう言っていた。つまり西安で何かが起こったのはたしかだが、共産軍の攻勢がありえないとすると、答えはひとつしかない。

張学良《チャンシュエリャン》のクーデター。東北軍が反旗を翻した。

朋友たちが提供してくれた情報と、ニューヨーク・タイムズの退屈な客観をとりまとめれば、十分にありうる事態だった。少くとも、共産軍の巻き返しよりは。

とりあえず支局に行かねばならない。中華料理をたらふく食って豚のように肥えた記者たちでも、いくらかは政府筋の情報を得ているだろう。

外套に袖を通したとたん、ドアが激しく連打された。バトラーでもボーイでも小姐《シャオジエ》でもない。おそるおそるドアを開けると、冷気を背負った北村《ベイツウエン》が飛びこんできた。

「列車が止まっちまった。寒いな、こっちは」

北村は身震いをして、座りもせずに莨をつけた。

「志津《ヂージン》はどうしました」

「大倉商事の支店に行った。俺も上海支局に連絡しなけりゃならない。そこで物は相談だが、ニューヨーク・タイムズの支局は健在かね」

「対《トエ》。アメリカ人は襲われませんから」

「それじゃあ、すまんが電話を貸してくれ」

日本の新聞社も通信社も、南京を撤収しているのである。

「ホテルの電話は」

「止まっている」

そうした事態になっても、外国の企業や新聞社の回線は封鎖されないと、彼は長い経験から知っているらしかった。

僕はエキサイトしていた。恐怖感もないではないが、高揚感のほうがはるかにまさっていた。なにしろ僕は、歴史的な取材の最前線に立っているのだ。

「よし、行こう《Let's go.》」

思わず母国語が出た。日本の新聞記者がニューヨーク・タイムズの電話を拝借するというのもおかしな話だが、最前線ではありうることなのかもしれない。

どだい中国での出来事は、どれほどの大事件であれニューヨーク・タイムズのトップを飾りはしない。たとえ張学良《チャンシュエリャン》が蔣介石《ジャンジエシイ》を殺したとしても、アドルフ・ヒトラーのエキセントリックな演説のほうが、ずっと重要なのである。

僕らはゲストルームを飛び出した。すると、大理石の階段を降りきった赤い絨毯の上に、上品な口髭を立ててタキシードを着た、イギリス人と見える長身の男がほほえんでいた。

「ジェームス・ターナー博士」

また妙なことになった。ホテルの支配人を名乗る男は、うやうやしく僕の名を呼んだ。

「申し遅れましたこと、ならびにこうした事情により不手際のありましたことを、まずお詫びしておきます」

どうしてイギリス人というのは、こうも回りくどいのだろう。早い話が、上海のアスターハウスの紹介でやってきたゲストに対して、配慮が足りなかったと言っているのである。

「お出かけの間に、ゲストルームをお移しいたしますが、よろしいでしょうか」

わけがわからない。だが、ノーとは言えまい。つまり、アスター財団のお節介ばあさんが、ウォルドルフ・アストリアの支配人に僕の特別扱いを依頼してくれたおかげで、僕は上海のアスターハウスの賓客となり、この首都飯店《キャピタル・ホテル》でも遅ればせながら、スイートルームを提供されることになったらしい。

玄関にはリムジンが待っていた。

「何だね、君は。どこぞの御曹司か」

「いや、アスター家から学費をめぐんでもらっていただけさ」

リアシートに並んで座り、北村《ベイツゥエン》はしげしげと僕を見た。

「もしや、アスターのスパイか。それならそうと言ってくれなけりゃ困るぞ。こっちは君がジャーナリストだと信じて情報を流しているんだ」

「不対《プートエ》、不対」

僕はあわてて否定した。しかし僕の生い立ちまでは打ちあけていないから、話し出せば長くなる。

「約束は何もしていません。アスター家は寛大なんです」

「喂《ウェイ》、喂、喂、喂」

北村は僕の肩を叩いて呆《あき》れた。

「あのなあ、ジム。年相応の男ならわかるだろう。ウォルドルフ・アスターはな、君に情報を入れろと言っているんだよ」

「そんな約束はしていません」

「ではひとつ訊くが、アスターハウスの勘定は払ったのか」

僕は当然、ニューヨーク・タイムズの支払いだと思っていた。だが考えてみれば、スイートルームの料金から三人の食事代や酒代まで持つはずはない。

「つまり、だ。君はすでに、アスター家と約束をかわしたってことさ。なになに、それほど難しい話じゃないよ。あとは志津《ヂージン》さんに訊けばいい。彼だって無条件で大倉商事の名刺を持っているわけじゃない。そういうややこしい事情があろうから、こっちも大倉の回線は使いづらいんだ。すまんな」

やはり僕には、哲学がないのだろうか。

北村の言うことはすべて理解できる。その通りだと思う。だが、僕にはみずからそうと見きわめる、大人の視野がなかった。

リムジンが戒厳令《ジエイエンリン》のサイレンの鳴り響く並木道を走るうちに、夜が遠慮なく寄せてきた。

その夜、それぞれに大仕事をおえた僕らは、秦淮《チンファイ》の料理屋で南京料理のテーブルを囲んだ。

支局からホテルに戻ると、ロビーで待ち構えていた支配人が、やはりうやうやしくも回りくどい英語で、早い話が「夕食を用意した」というようなことを言った。そこに折よく、志津が黄包《ワンポー》車《ツ》に乗って到着した。

ホテルのレストランでディナーをふるまってくれるのかと思ったが、そうではなかった。南京の紅灯街として知られる秦淮の、とびっきりの宮廷料理を予約してあると支配人は言った。

戒厳令の夜に？

すると支配人は、タキシードの腕を拡げ首を傾《かし》げてほほえみながら、まるで観客に愛嬌をふりまくマジシャンのように、「もちろん、何の心配もございません」と言った。

僕らひとりひとりに、「外賓《ワイビン》」と書かれた黄色い腕章が手渡された。どうやらそれは、外交官やら特別の外国人やらが持つ、かなり威力のある通行証であるらしかった。

それだけではない。リムジンのフロントにはやはり「外賓《ワイビン》」の黄旗が立てられ、マシンガンを肩に掛けたボディガードがドアを開けてくれた。のみならず、僕らが乗りこむとどこからともなくさらに二人の男が現れて、両側のステップに立った。

こうなると否も応もない。最上のホテルはけっしてゲストに選択などさせず、最高のホスピタリティを提供するのである。まさに否も応もなく。

ボディガードたちがどういう種族であるかはわかった。黒繻子の長袍《チャンパオ》に小帽《シャオマオ》かハットを冠り、夜だというのに真黒なサングラスをかけたギャング。しかしマフィアとはわけがちがう。国民党を陰で支え、長江一帯の水運を牛耳る青幇《チンパン》。

それらしい男は上海でも見かけたが、昼ひなかに顔を晒《さら》しているのは下ッ端なのだろう。南京の夜の底からふいに現れた彼らは、背負っている空気がちがった。

朋友たちは平然としていた。よほど意外な展開であろうに、驚くでも怖れるでもなかった。そもそも日本人は表情に乏《とぼ》しいのだが、もしや彼らは自分の名誉のために、こんな顔のままいきなり腹を切ってしまうのではないかなどと、僕はあらぬ想像をした。

車の中で北村《ペイツゥエン》が志津《ヂージン》に日本語で話していたことは、おそらく僕とアスター財閥のふしぎな関係についてであろう。

むろん訊ねられても詳しく説明するつもりはない。自分の生い立ちを恥ずるわけではないが、人生は百人百様なのだから語るべきではあるまい。ましてこの三人は、祖国を離れて動乱の中国に渡り、戒厳令のさなかにギャングに護衛されて、飯を食いに行くのである。そんなくそくらえの人生は、おたがい語りたくもなし、聞きたくもなかろう。

車内の僕らは、西安《シーアン》の一件に触れなかった。さすがに助手席のギャングの耳が気になったからである。車が走り出したとき、どこへ向かうのかと訊ねたところ、彼はひどくぶっきらぼうに、

「チンファイ」と答えただけだった。

志津も北村も「秦淮《チンファイ》」を知っているようだった。きっと有名レストランが軒をつらねる盛り場だろうと思った。

ところが、静まり返った南京城内をいいかげん走り、途中で二度も検問をされて冷汗をかいたあげく、到着した場所は紅灯街などではなかった。

当たり前だ。外出禁止の戒厳令下に、支配人のいわく「とびっきりの宮廷料理」を食いにくる馬鹿がどこにいる。

街灯も消えた石畳の道を、車はゆっくりと走った。すると、とうてい車など入れぬ路地の入口に赤い提灯を振る人影があった。ヘッドライトに映し出されたのは、青いシルクサテンの中国服の上に狐《きつね》の半コートを羽織った、肌の透けるほど白い女だった。

「ジェームス・ターナー先生ですか」

僕のかわりに助手席の男が答えた。

「是的《シイダ》」

ステップに乗っていたギャングたちが降り、マシンガンを腰だめに構えて周囲を警戒しながら

リアシートのドアを開けた。

僕らは雨上がりのように濡れた路上に立った。揚子江の湿地帯にある南京は、冬でも湿っている。そのうえ石畳は二千年もかけて人々のあしうらに磨かれ、ぴかぴかに光っていた。夜歩きの際は、次の一歩で底なし沼に沈んでもおかしくないような不安がつきまとう。

「你来《ニイライ》了《ラ》」

女はぽつりと短く言ってから、先に立って路地に歩みこんだ。マシンガンなどどうとも思っていないようだった。兄貴分が続き、それから僕と朋友たち、二人の護衛は後ろ向きに歩いた。

志津《ヂージン》がこらえかねたように噴き出した。日本軍の工作員として危い目に遭ってきたにちがいない彼にしてみれば、この警戒ぶりはどう考えても大げさに過ぎるのだろう。

つられて北村《ベイツゥエン》も僕も笑った。笑ったら殺されそうな気がする、というのがまたたまらなくおかしかった。

まったく、何てクレイジーな晩だ。クーデターが起こった戒厳令下の首都で、三丁のマシンガンに前後を護《まも》られながらディナーを食べに行くのだ。要するに中国では、うまいものを食うためならこんな具合に命をかけるのが当然なのだろう。

路地はつき当たるかと見えて曲がり、庭園ではない天然の池をめぐりなどして、もう二度と車には戻れまいと思ったところ、いきなり広々とした運河のほとりに出た。

岸辺には枯柳が揺れており、屋形船が舫《もや》われたまま、ごとごとと舟べりをぶつけ合っていた。どちらの岸にも料理屋か妓楼らしき風雅な建物が並んでいたが、軒下をめぐるぼんぼりには灯がなかった。

彼岸と此岸を結ぶ石橋が、闇夜に白く浮いていた。

ふいに黙《しじま》をとよもして砲声が聞こえた。僕らはぎょっとして夜空を見渡したが、女がほほえみながら言うには、鼓楼から打ち出される太鼓の音なのだそうだ。おそらく時を告げているのではなく、サイレンのかわりに戒厳令を報《しら》せているのだろう。

運河のほとりを少し歩くと、高い煉瓦塀に囲まれ、円《まる》く穿《うが》たれた門の先に目隠しの壁を立てた、いかにも高級な設《しつら》えの飯館《ファングアン》があった。ずいぶんと歳月を経た看板には、貝細工で「水月《シュイユエ》楼《ロウ》」と象嵌《ぞうがん》されていた。

その昔は運河で客を運んだのであろう、門前は舟着場になっていた。時代が下っても、一頭立ての馬車や黄包車《ワンポーツ》ならば横付けできよう。だが自動車はここまで入れない。客は出迎えの提灯を頼りに、真暗な迷路をたどり、池のほとりをめぐってようやくたどり着くのである。

僕は初めて、四合院《スーホーユアン》と呼ばれる様式の邸宅に足を踏み入れた。影壁《インビー》の向こう側にはもうひとつ月亮門《ユエリャンメン》があり、それを潜ると真四角の中庭を二階家が囲んでいた。どうやら階上は妓楼であるらしく、庭に向いた回廊には軒灯の光で青ざめた妓《おんな》たちが、ぽつりぽつりと佇んだり座ったりして、僕らを見下ろしていた。目が合うと彼女らは一様に、洗練された艶《あで》やかな微笑を返した。娼館にはつきものの、不幸の匂いや陰湿さや、銭金のしがらみなどは何も感じられなかった。

そうして僕らは、ようやく四合院の中の暖房のよく効いた一室で、三人にはいささか大きすぎる円卓を囲むことができたのだった。

ただし、戒厳令下であるから堂々と灯りはつけられない。かわりにテーブルには蠟燭《ろうそく》を入れた角灯《ランタン》が据えてあった。闇に目が慣れてくると案外のことに明るく、なおかつ情緒があった。

菜単《メニュー》を開くと、回廊の妓たちが奏でるのであろうか、琴と胡弓の澄んだ音色が流れてきた。

南京名物はシュリンプ。シンプルな塩炒めで。好《ハオ》。豚肉の煮込み。魚の丸揚げに甘酢をかけて。好好。むろん季節がら蟹ははずせまい。好好好。

紹興酒《しょうこうしゅ》には二十年物と三十年物があるそうだ。迷わず三十年物を。なぜなら二十年物は革命後だが、三十年物なら清代の酒だから。一九〇六年。かの西太后《シータイホウ》と、光緒《グァンシュ》皇帝の時代に仕込まれた老酒《ラオジュウ》。

僕らはそれだけで腹一杯になりそうなオードブルをつまみながら、わけのわからない乾杯をした。

志津大尉《キャプテン・ヂージン》がグラスを持ったまま廊下に出て、隣室にひとけのないことを確かめた。それからほのかな月あかりの斑《まだ》らに射し込む桟窓を開け、裏庭の暗がりに目を凝《こ》らした。

「さしあたっての問題は、蔣介石《ジャンジエシイ》の安否ですな」

北村《ベイツゥエン》が古酒の香りを嗅ぎながら言った。

「生きている」

志津《ヂージン》がぽつりと断言した。

「どこからの情報ですか」

「確たる情報はありません。大方は死亡説だが、僕はそう思いませんな」

料理が運ばれてきた。一体全体、中国のコックはどうしてこうも調理が早いのだろう。しかも注文した皿は間髪入れずに運びこまれて、話を繋《つな》げる間がないほどだった。まるで魔術師が黒いマントの下から、次々と料理を取り出すようだった。

料理が出揃うと、志津がウェイトレスにチップを切って、呼ぶまで部屋を出ているよう命じた。それでようやく、話の続きが始まった。

「蔣介石が殺害されたのなら、西安《シーアン》を包囲する中央軍はただちに戦端を開くはずです。動かずにいるのは、蔣委員長が生存しているか、もしくは死亡の確証がないか、そのいずれかでしょう。しかし、張学良《チャンシュエリャン》によるクーデターならば、蔣介石を生かしておく理由はない。その死を逸早《いちはや》く公表して、クーデターの成功を宣言するはずです。すなわち、蔣介石は生きている」

「それはおかしい」僕は割って入った。

「志津さんのおっしゃることは矛盾しています。だったら、クーデターではないでしょう」

「そう。政権奪取という意味ではない。だが、蔣介石の身柄を拘束して、説得をするというのなら、やはりクーデターと言えるでしょう。力ずくで国家の方針を変えるのですから」

そこで北村が、「まあ、食いましょうや」と促した。

僕らはしばらくの間、ただの腹っぺらしになってガツガツと食事をした。

うまい。どうしてこんなときでも、中華料理はおいしいのだろう。たとえば今このとき大戦争が勃発しても、いや、ハリー彗星が激突して地球が滅びたとしても、やっぱり中華料理はおいしいにちがいない。

蒸し蟹を器用に解体しながら、北村《ベイツゥエン》が僕に訊ねた。

「ジム。英語に矛盾《マオドゥン》という言葉はあったかね」

少し考えねばならなかった。すでに僕の語彙は、英語より中国語のほうが多い。

「コントラディクション——不《ブー》、不、ちょっとちがうか」

志津《ヂージン》が魚の丸揚げを上手に箸《はし》で捌《さば》いて小皿に盛り、僕に勧めてくれた。

「うまいね、この店は。勘定はアスター家か」

「大概《ダアガイ》」

たぶん、と僕は答えた。知ったことか、というのが本音だが。

「では、飯代ぐらいの情報は伝えなければならんね」

僕のかわりに北村が、「おいおい志津さん、無理はしなさんなよ」と忠告した。

「かまわんよ。べつに帝国陸軍の機密じゃあない。出先の軍人が勝手に想像したことさ」

「まったく、仕様のない人だ。軍人と新聞記者。これじゃまるきり立場が逆じゃないか」

どうやらこの二人も、日本語より中国語の語彙のほうが豊富であるらしい。おそらく僕と同様に、母国語では十分な対話ができず、周囲からあらぬ誤解や偏見を蒙《こうむ》っているにちがいない。

琴の音はやんだが、胡弓のうら悲しい旋律は、冷たく湿った闇の涯《は》てから細く長く通い続けていた。

志津はいかにも軍人らしく、彼の考えを手短かに、要領よく口にした。

「張学良《チャンシュエリヤン》の意思は西安《シーアン》に集まった学生たちと一致する。しかし蔣介石《ジャンジエシィ》はあくまで安内攘外策を譲らない。そこで学良を更迭《こうてつ》し、東北軍と中央軍を交代させてでも政策を貫徹しようと西安に乗り込んだ。学良はついにその身柄を拘束して方針の変更を迫った。つまり、クーデターではなく、兵諫《ビンジェン》だ」

「ビンジェン？」

耳慣れぬ単語を問い質すと、北村が菜単《メニュー》の余白に「兵諫」と書いて僕に示した。

「脅迫じゃないのか」

志津が答えた。

「張学良は命を捨てている。よってクーデターではない。兵諫だ」

僕は頭の中で懸命にノートを繰った。たぶん、哲学の欠落したトンプソン教授の講義ではなかったはずだ。

兵諫——あった。遠い昔、楚《そ》の忠臣が主君を懼《おそ》れ敬するがゆえに、剣を執ってその行いを諫《いさ》めた。王は悔い改めたが、臣は罪深さにおののいて、ついにみずからの足を断ち切ったという。兵を挙げてでも主の過ちを諫める。すなわち兵諫である。

また、礼記《らいき》に言う。「父母に過ちあらば諫めて逆らわず」と。もし敬する父母にまちがいがあるのなら、子はけっしてそむかず孝心をもって、穏やかに諫言する。これもまた、兵諫に通ずる訓《おし》えである。

「ただし——」

志津大尉《キャプテン・ヂージン》は盃を中国流にぐいと干した。

「僕の想像には矛盾がある。どうして蔣介石《ジャンジエシイ》は、わずかな親衛隊だけを連れて西安《シーアン》に向かい、悠長に華清池《ホアチンチー》の温泉になど浸っていたのか。大軍を率い、楊虎城《ヤンフーチョン》の十七路軍も指揮下に入れ、共産軍と結んでいるかもしれぬ張学良《チャンシュエリヤン》を、信用していたはずはない。あまりに無警戒すぎやしないか」

北村《ベイツゥエン》が言った。

「それァ志津さん、倅《せがれ》か弟のように信用していたのでしょうよ。さもなくば、よっぽど舐めていたか」

僕もそう思う。張学良は蔣介石より十四歳も若い。中国的な大家族になぞらえるなら、倅ではないが末の弟にあたるだろう。そして一九二八年の「易幟《チェンジ・オブ・バナー》」以来、彼ほど蔣介石に忠実であった将領はいないはずだ。阿片に溺れなければならぬくらい、彼は中華民国に尽くし、疲弊したのだと思う。

「不対《プートェ》」

志津《ヂージン》が顎を振った。

「蔣介石はそれほど間抜けではありませんよ。万事に抜け目がなく、疑り深い。では、なぜかくも無警戒だったのか——まあ、食べましょう。せっかくのごちそうです」

ごていねいなことに、料理の盛られた銀の皿の下には、炭の熾《おき》が敷かれている。僕らはまたしばらく、どうでもいい雑談をかわしながら飲みかつ食べた。

そうこうするうちに、ふと僕は志津大尉の表情が、彼には珍しく昂《たか》ぶってくるように思えた。

酒のせいではなく、何かこう、重大な話を言い出しかねているような気がしたのだった。「兵諫」も「矛盾」も、実は言わんとするところではなくて、もっとのっぴきならぬ話を用意しているように思えたのである。

「志津さん。書くなと言われりゃ書きませんよ。どうぞ、ざっくばらんに」

北村が僕の代弁をしてくれた。

「対《トエ》、対。秘密は持たない約束です」

僕も促した。

ときおり思い出したように、鼓楼の太鼓が夜を搏《う》った。風が出てきたのであろうか、舫《もや》い舟の纜《ともづな》が一斉に軋みを上げた。胡弓の音に、また琴が和し始めた。

「では、書かないでいただきたい。のみならず、けっして口外しないと誓ってほしい。よろしいか」

僕は声に出して誓い、北村は手元のノートを閉じた。

それをしおに、志津は淡いランタンの光の中に顔を乗り出し、張りのある軍人の声を不自由そうに低めて、この国の遥かな歴史にまさる神話を語り始めたのだった。

繁栄は神のもたらすものではない。

ゆえに神を持たぬ人も、神を信じぬ人も多くある。たとえばわれわれも、そうした神仏を恃《たの》まぬ人間だろう。

だが、神話を持たぬ国はないと言われる。正しくは、神話を持たぬ国は必ず滅びるのだ。神話は近代科学とはべつの次元の真理であり、歴史とはべつの国家起源であるから、永遠に否定されるものではない。

中国の肇国《ちょうこく》神話を知っているか。

遥か遥かな昔、いまだ天地も分かたれずただ混沌としていた世界に、盤古《ばんこ》という神が顕《あら》われた。すべてはこの一柱の神から始まった。

盤古の身丈《みたけ》は日に一丈も伸びて、天地の隔りを作った。そして一万八千年ののち、天地を九万里に押し分けて盤古は死んだ。その骸《むくろ》は万物に化生した。息は風に、声は雷《いかずち》に、左目は太陽に、右目は月に変じた。血は川に、体毛は草木に、肉は山岳になった。

だがそれだけでは、世界を作ったことになるまい。

盤古の心臓は拳《こぶし》より大きなダイアモンドとなった。人の世を統《す》べる皇帝の証《あかし》だ。神ではなく、すぐれた人間である中華皇帝がこの龍玉《りゅうぎょく》を抱いてこそ、天下は定まる。

四千年の間にあまたの王朝が興亡をくり返しても、龍玉は常に皇帝とともにあった。尭帝《ぎょうてい》も舜帝《しゅんてい》も禹王《うおう》も、始皇帝《しこうてい》も武帝《ぶてい》も、玄宗《げんそう》もフビライ・ハーンも、洪武帝《こうぶてい》も乾隆《けんりゅう》皇帝も、この偉大なる龍玉を持っていた。

しかしあろうことか、この龍玉が消えた。清王朝の衰運を怪しんだ西太后が、禁忌を踏んで検《あらた》めたところ、龍玉は精巧なガラス細工の模造品にすりかえられていたのだ。

西太后は神話を捨て、人の力で国家を恢復《かいふく》しようと試みたが、結果は知っての通りだった。

龍玉はどこへ消えた。奪われたのか、匿《かく》されたのか。

ひとつの噂がある。

栄耀栄華《えいようえいが》をきわめた乾隆大帝は、天下を子孫にも譲りたくなくて、龍玉をどこかへ匿したというのだ。

もうひとつの噂がある。

その龍玉は祖宗の眠る満洲の永陵に匿されており、まだ馬賊の頭目であったころの若き張作霖が、墓をあばいて手に入れたという。

むろん噂にすぎない。しかも、紫禁城の宦官《かんがん》たちに語り継がれた伝説であり、満洲の馬賊たちが酒の肴《さかな》にする伝説だ。

だが、これが伝説ではないとすると、怖いぐらい歴史に符合する。

乾隆の死後、帝国がなぜああも急激に力を失ったのか。また、東北の軍閥に甘んずるべきであった張作霖が、なにゆえ長城を越えて中原《ちゅうげん》をめざしたのか。あるいは中華民国を欺《あざむ》いて皇帝に即位した袁世凱《えんせいがい》が、どうして紫禁城の玉座から滑り落ちたうえに憤死したのか。

龍玉を持たぬ王朝は衰えてやがて滅び、持つべからざる者が龍玉を奉じて立てば、その五体は粉々に砕け散るという。

張作霖爆殺は日本軍のしわざだ。だが考えてもみたまえ、謀略でそこまでするものか。もしや日本軍は龍玉の噂を信じて、東亜新秩序を建設するために、そして畏れ多くも天皇陛下を盟主に戴く八紘一宇《はっこういちう》の世界を顕現せしむるために、神器として張作霖とともにあるはずの龍玉を力ずくで奪おうとしたのではあるまいか。張作霖の体が粉々に砕け散り、西太后のお召列車であったという機関車があとかたもないスクラップになっても、ダイアモンドは傷つかないから。

さて——では、龍玉はどこにある。

ひとまず伝説を信じるとしよう。張作霖の全財産は、長男の張学良が相続した。満洲事変によって国土こそ奪われたものの、張王国の実質は、すべて張学良の財産となった。よって彼は、現在も大東北軍の軍司令官であり、東北辺業銀行の経営者であり、東北大学の学長でもある。むろんそれらはみな満洲の故地を追われてはいるが、れっきとして存在している。

すると、龍玉も彼が相続したにちがいない。

ならばついに天下を窺う機が熟したと見て、張学良は立ったのか。

いや、それはあるまい。なぜなら彼は、みずからに天命ありとせば幾度もチャンスはあったはずだから。つまり、聡明な張学良は、おのれが皇帝にふさわしからぬ者だと知っている。父の非業の死から学んだのだ。

だが、彼は龍玉を持っている。さもなくばそのありかを知っている。

蔣介石もこの伝説を信じているとしよう。張学良とちがって傲岸不遜《ごうがんふそん》の彼のことだ、きっとみずからを、まさか皇帝ならずとも民主共和国家の指導者として君臨するべき人間だと自負していることだろう。そして、革命のならざるはひとえに、龍玉を持つべきおのれが持たぬからだと思いこんでいる。

しかし張学良は龍玉を譲らぬ。自分と同様に彼が、それを抱く資格のない人物だと見きわめているから。

なぜそうと言える。混迷せる中華民国といえども、指導者は蔣介石のほかに見当たらぬではないか。

答は簡単だ。蔣介石が張作霖よりすぐれた人物であるとは思えぬから。父が天下を窺って砕け死んだのなら、蔣介石などはひとたまりもあるまいと考えた。しかも、彼は余人をもって代えがたい国家指導者なのだ。もし蔣介石が父のように砕け死のうものなら、中国は日本に征服されるか、さもなくば諸外国に瓜分《かぶん》されるかの、二つにひとつだろう。

蔣は欲する。張は譲らぬ。そして、天は物言わぬ。

業を煮やした蔣介石は、中央軍を後方にとどめ、わずかな親衛隊に護られて洛陽に入った。華清池において張学良との密議に臨むために。

そして、虜になった。張学良にとって、彼はけっして龍玉を持つべき人間ではない。しかしそれでも国家の指導者は、彼しかいないと信じている。よって、兵諫の挙に出た。

話は以上だ。

僕は神秘主義者ではない。日本人のゆえなき皇国史観も大嫌いだ。忠節を尽くすを本分とする軍人ではあるが、天皇陛下を人間以上の神として祀り上げんとする今日の風潮は、いわゆる天皇機関説よりずっとたちが悪いと思っている。

神話は近代科学とはべつの次元の真理であり、すなわち神と人とは不干渉であるべきだから。

しかし、神話と科学がひとつの次元で絡み合ったとき、あるいは神と人とが真理を求めて錯綜した場合、いったいどのような変異が起こるのか、それはとうてい僕の想像を超えている。

しかし、やはり龍玉は存在すると思われる。何となれば、その神器の実在によって、あらゆる矛盾は矛盾でなくなるからだ。

人々の奇怪なる行動のすべてに、説明がついてしまうからだ。

さあ、飯を食おうじゃないか。

第四章　奇蹟

11

１９３６年十二月三十日

南京

中央軍官学校講堂

中華民国国民政府軍事委員会高等軍事法廷

審判長　李烈鈞《リイリエジュン》

審判官　朱培徳《ジュウペイドゥ》

　　　　鹿鍾麟《ルウジョンリン》

被告人　陳一豆《チェンイードゥ》

——姓名、年齢、および官職を述べよ。

陳一豆。満四十歳。陸軍大佐。張学良《チャンシュエリャン》上将の高級副官に任じられております。

――柄に合わぬ愛らしい名前だが、字《あざな》かね。

いえ。本名であります。老いて授かった倅でしたから、父がそう名付けました。笑わないでいただきたい。親から頂戴した大切な名前ですぞ。

――軍歴を簡潔に述べよ。

十三歳で北洋陸軍に入隊、同年第二十七鎮に配属され、タクトホ討伐戦に参加し、以後は張作《ヅオ》霖《リン》将軍の第二十七鎮司令部付となりました。主な任務は将軍および幕僚の散髪であります。入隊前は北京の前門外《チエンメンワイ》において、街頭の散髪屋の徒弟でありました。すでにお気付きの通り、本官は片方の足が不自由ですので、戦場には立てません。よって軍功はありません。

――剪髪《ジャンファ》？　散髪係の当番兵が陸軍大佐にまで進級するためには、何かしら功績があったはずだ。学歴は？

ありません。奉天《フォンティエン》講武堂や軍官学校どころか、いまだに読み書きもできません。出世させていただいた理由については、提出済みの証拠品をご覧ください。

――この拳銃かね。ずいぶんと年季の入ったモーゼルだ。

当番兵として勤務するかたわら、張作霖《チャンヅオリン》将軍から騎射の手ほどきを受けました。そののちは護衛官として、常に近侍させていただきました。

――畏れ多い話だ。すると、足に負傷したのは皇姑屯《ホワングドゥエン》での不幸な事故の折か。

いいえ。本官は別の車両におりました。今さら痛恨のきわみであります。証拠品のモーゼルは、かつて緑林時代に将軍が愛用なさっていた拳銃であります。北京に入城なさったのち、刺客を斃《たお》した褒美として頂戴いたしました。

――ほう。つまりこれは、白虎張《パイフーチャン》総攬《ツォンラン》把《パ》ご愛用の大前門《ダアチエンメン》というわけか。ところで、陳《チエン》大佐。貴官はこの拳銃で、張学良《シュエリヤン》将軍の警護もしていたな。

はい。両将軍のご家族の警護や、命令により他者の護衛につくこともありましたが、おおむね両将軍のお側にありました。

――なるほど。張家の父子二代にわたり、その家族も含めて警護にあたっていた。よって信任は篤く、学歴も軍功もないまま大佐にまで昇進し、張学良の高級副官という地位についた、と。それでよろしいか。

はい。その通りであります。よって本官は、高級副官という地位にふさわしい能力は何ひとつ持ち合わせません。張学良将軍に危害を及ぼす者があれば、必ず斃《たお》すことだけが任務であります。そのあたり、あまり難しい訊問をなさらぬよう、ご配慮下されば幸いであります。

——了解した。では、さほど難しくない質問をしよう。貴官は去る十二月二十七日、このたびの兵変《ビンビエン》については張学良の意思ではなく、高級副官たる自分が彼を指嗾《しそう》し、かつみずから実行したものであるとして、軍事委員会に出頭した。自供内容に誤りはないか。

誤りなし。張学良将軍は蔣介石《ジャンジエシイ》委員長を心から敬し、忠誠を誓っておられました。しかしながら、「内戦停止・一致抗日」を叫ぶ学生たちの心情も、よく理解されていました。ましてや請願運動の先頭に立っているのは、なじみ深い北京大学と、将軍ご自身が学長でもある東北大学の学生であります。

蔣委員長は学生たちと対話をしようとせず、華清池《ホアチンチー》に向かわんとするデモ隊に対して発砲せんとしました。中国の未来を撃てと命じたのであります。それでも張学良将軍は、みずから自動車を操縦してデモ行進をとどめ、学生たちを説得したのです。

「諸君の請願は私から責任もって委員長に伝える。私が諸君を代表して請願するのだ。この張《チャン》学良《シュエリャン》を信じてくれたまえ。一週間以内に、事実をもって諸君に回答しよう」

だが、できるはずはない。張学良将軍の気性は、幼いころからお側ちかくに仕える本官が、誰よりもよく存じ上げております。尊敬する蔣《ジャン》委員長の方針を覆すほど、剛直な人ではありません。このままでは一週間以内に回答するどころか、委員長と国民の板挟みになって自殺するほかないのではないか。

そこで本官は、兵変《ビンビエン》しかないと思ったのであります。すなわち蔣委員長を拘束し、安内攘外策の変更を迫るのであります。「内戦停止・一致抗日」は張学良将軍の信念とするところであり、むろん本官も同様に考えておりました。それに反対していたのは蔣委員長と、その権威に服《まつろ》うごく少数の将領たちばかりであります。「内戦停止・一致抗日」は中華民国国民の、否、中国人の総意であります。

――待ちたまえ、陳《チェン》大佐。貴官の弁舌を聞く限り、とうてい目に一丁字なき人物とは思えない。軍歴に偽《いつわ》りはないか。

断じてなし。お疑いならば各軍官学校に問い合わせて下さればよろしい。そのような手間がかけられぬのであれば、鋏と剃刀をお貸し下さい。今この場で、審判長の散髪をさせていただきます。

戦争に兵学は必須でありますが、愛国心に何の学問が必要ありましょう。

——では続けて訊ねる。張学良は貴官の提案に同意して、このたびの暴挙に出たのか。

ちがいます。張学良将軍は三年前の欧州視察旅行において、ファシスト政権こそが現今のわが国には必要だと確信なされました。

ドイツにおけるアドルフ・ヒトラー、イタリアにおけるベニート・ムッソリーニに比肩しうる国家指導者は、蔣介石《ジェシィ》委員長をおいて他にはいないと考えておられたのです。そのように敬している委員長を、将軍がどうして逮捕監禁などできましょう。

——張学良はみずからのファシスト政権を望んだのではないか。

断じてありません。張学良将軍は帰国直後から、蔣委員長の秘書もしくは侍従としてファシスト政権を支えたいと申されていました。しかし命ぜられた任務は、豫鄂皖《よがくかん》三省剿匪《そうひ》副総司令として、共産党軍を殲滅することでした。

そうした経緯から考えましても、将軍には政権を窺う野望など、毛ほどもないと断言いたします。

――すると、暴挙に出たのは自分の独断であったと、貴官はそう言うのだな。

審判長の申される通りであります。去る十二月十二日未明、本官はまったくの独断で親衛隊二個中隊を指揮して華清池《ホアチンチー》に向かい、園内の宿舎を急襲して蔣《ジャン》委員長を逮捕いたしました。電話で張学良《チャンシュエリャン》将軍に事実報告をしたのは、その後であります。

――張学良の反応は。

何ということをしてくれたのだとお怒りでした。しかし、すでに取り返しはつきません。そこで本官は、こうとなったからには、蔣委員長に「内戦停止・一致抗日」の決断をさせるほかはないと進言いたしました。

――高級副官の立場で軍隊を動かすことはできない。親衛隊の二個中隊に対して、誰が何を命令したのだ。

親衛隊は張学良将軍を守護する部隊であり、本官は将軍の護衛官であります。よってその使命を同じくする親衛隊の将校たちを本官はよく知っております。

そこで、大隊長と二人の中隊長を呼び、こう告げました。

「蔣委員長がわれわれの将軍を逮捕し、東北軍を解体しようとしている。これよりただちに華清池に向かい、蔣委員長を拘束して計画を断念させる」

——そのとき張学良はどこで何をしていたか。

城内金家巷《ジンジアシァン》の公館西楼にてお休みでした。親衛隊本部は通りを隔てた公館の向かいであります。本官は将軍の寝室を確認したのち、親衛隊に行きました。

——では、そのとき楊虎城《ヤンフーチョン》はどこにいたか。

存じ上げません。前夜は張公館において夕食を共になさっておられましたが、夜半にはお見送りいたしましたので、やはり東九府街《トンジュウフージェ》の楊公館にてお休みだったはずです。

——張公館と楊公館は離れているのか。

内城を隔てた東西でありますから、相当に離れております。

——つまり貴官は、張学良も楊虎城も本件にはかかわりがなく、事実を追認しただけだと言いたいのだね。

言いたいのではなく、それこそが事実なのです。

——陳《チェン》大佐。

はい。何でしょうか。

——私も軍人であるから、軍規がどのようなものかは知っている。まして日本の陸軍士官学校において、おそらく世界で最も厳正な軍規を学んだ。

自分は難しいことがわかりません。

——そうとは思えない。いいかね、多くの軍規のうち最も重んずるべきは、指揮命令である。軍隊は上位から下位への命令によってのみ行動するのだ。すなわち、陸軍大佐という上位の階級であれ、張学良《チャンシュエリャン》の直率部隊である親衛隊に出動を命じたるは、指揮命令系統を逸脱した違令罪もしくは擅権《せんけん》罪や叛乱罪に問われるところである。貴官が中華民国の軍人である限り、東北軍の将校たることとは関係なく、それが事実であるのなら当法廷は貴官に対し、死刑を宣告しなければならない。

よいかね、陳大佐。これは少しも難しい話ではない。違令罪のうえに、上官に対する暴行、脅迫、傷害の罪まで加わるのだ。貴官はそれを承知で出頭して来たのか。もしこれまでの陳述とは異なる真実があるのなら語りたまえ。当法廷は豁達大度《かったつたいど》にして、貴官の翻心を斥《しりぞ》けない。


審判長の申されていることは、難しくてよくわかりません。いえ、このうえどのように嚙み砕いて下さっても、理解する頭がありません。

ただ、こう考えます。五年前、東北の故地が奪われたとき、「戦うな」と命じたのは蔣《ジャン》委員長であります。張学良将軍はその命令を守って、「不抵抗将軍《プーディカンジアンジュン》」の汚名を被《き》せられました。そして今は、三十万の流浪せる東北軍が、見知らぬ土地で、同じ中国人との戦を強いられております。この理不尽に比べれば、日本から学んだ軍規など、いかほどのものでありましょう。

本官は中華民国の陸軍大佐である以前に、張作霖《ヅォリン》総攬把《ツォンランバ》の乾児子《カンアルヅ》であります。しからば、民国軍人として生きるよりも、黒山馬賊《ヘイシャンマァヅェイ》として死にたくあります。

審判官のお手元の拳銃は、本件の証拠品ではなく、総攬把から授けられた満洲の魂であります。

祝健康弟兄《チュージエンカンティション》、壮揚兵馬《チョアンヤンピンマァ》！

兄弟の健康を祝す、兵馬を壮揚せよ！

その大前門《ダァチエンメン》に誓って、本官は言を翻しません。

——静粛に。被告人は興奮しており、審判の適切な進行ができない。これより二時間の休廷とする。

12

上海から戻ると、南京の寒さはひとしお身にしみる。

雲は厚く、太陽は白い月のように力なく浮かんでいた。紫金山から城壁を乗り越えて吹き下ろす風が冷たい。しかし北村修治を最も閉口させるのは、石畳から靴底を貫いてしみ入る寒気だった。それはまるで、氷の上に裸足《はだし》で立っているようなもので、絶えず足踏みをしていなければならないほどだった。

年も押し詰まってから、何の発表もなくふいに、軍法会議が開かれた。

軍事法廷は城内の東の、さらなる壁で囲まれた軍の敷地内である。周辺は明代の故宮や官衙《かんが》の跡地に貧しい家々が建てこんでおり、城内とはいえいかにも場末であった。

兵変の勃発が十二月十二日未明。以来十八日も経つというのに、政府からの公式発表はなく、戒厳令も布かれたままである。要するに何がどうなっているやら悉皆《しっかい》わからず、情報らしきものといえば街なかの噂だけだった。むろんそれらの真偽を選別することもできない。その間、蔣介石は十回死に、十回生き返った。

そして信じ難いことに、十一回目には光華門外の飛行場に生還した。さらに信じ難いことには、その二時間後にまさしく事変の「張本人」たる張学良が、同じ滑走路に降り立ったのである。

叛乱が鎮圧され、張学良が投降したのだと誰もが思った。だがどうやら、そういう話でもないらしい。

やはり噂の域を出ないのだが、蔣介石が張学良の要求を呑んで、「内戦停止・一致抗日」の盟約をかわしたとも言う。

その生還が四日前。それからは張学良が三度死に、三度生き返り、そして昨二十九日午後まったく突然に、軍法会議が開かれるという噂を耳にした。

十二月三十一日に「張本人」の裁判。前日の三十日に事件関係者。むろん非公開である。

そこできょうは朝早くから、各国の記者たちがこの門前に集まって、まるでオリンピックの入場行進みたいに足踏みをするはめになった。

筋向かいの寺の坊さんたちが、苦労を見かねて火鉢を運んできてくれた。石炭を詰めたドラム缶を囲んで、記者たちはどうにか人心地がついた。坊さんの曰《いわ》く、「蔣委員長が生還されたのは仏様の功徳ですので、これは寺からのご報謝」なのだそうだ。

つまりこの古刹《こさつ》の僧侶たちは、蔣介石の無事を仏様に祈り続けていたらしい。

記者たちにとって、あかあかと燃えるドラム缶はまさしく仏の慈悲に思えたが、大地から這い上がってくる冷気だけはいかんともしがたかった。

「どのみち、日本は大変ですな」

ル・フィガロのフランス人記者が足踏みしながら、流暢な支那語で言った。

「よそごとではありませんからね」

火を囲んだ記者たちの視線が、そう答えた北村の顔に注がれた。

「安内攘外策というのは、中国ではなく日本にこそ必要なのでは？」

「是啊《シィア》。你説的《ニイシュオダ》対《トエ》」

まこと、おっしゃる通り。二の句が継げぬ。

「二月のクーデターに触発されたのではないでしょうかね」

二・二六事件の影響があるのではないか、と言いたいらしい。こればかりは肯定できず、かと言って否定すれば質問ぜめに遭いそうな気がして、北村は苦笑だけを返した。

どうも欧米の記者たちは、日本と中国をひとからげに考えているふしがある。漢字を書き、箸《はし》で物を食い、同じ肌の色をした東洋人なのである。たとえば、満洲事変も満洲国の建国も、中国の軍閥抗争と同じ舞台の、内戦か政変のように捉えているのではないかと思う。

「ときにあなた、うちのドクターを見かけなかったかね。同じホテルに泊まっているだろう」

話に割って入ったのは、ニューヨーク・タイムズの支局長だった。白い息がひどく臭い。ジムが言うには、「アルコールとニンニクの中毒患者」である。

博士《ドクター》という呼称が敬意によるのか皮肉なのか、北村にはわからなかった。

「西安《シーアン》に向かったんじゃないですかね」

北村はそらとぼけて答えた。

「やっぱりそうか。だとすると蒋介石《ジャンジエシイ》とも張学良《チャンシュエリャン》とも行きちがいか。間抜けなやつだ」

「なに、じきに戻ってきますよ。どのみち西安は封鎖されている」

情報が入らないのは、事件現場の西安が完全に封鎖されており、首都南京が戒厳令下にあるからなのだ。

上海と南京を結ぶ海南線は復旧している。だから北村は一日おきに上海を往復し、また上海支局の記者が一日おきに往復することで、どうにか情報を統合していた。

日に二本の急行で五時間半、鈍行では話にならぬ。

ふと北村は、ル・フィガロの記者の質問を思い返した。

二・二六か——。

城壁の上に白い太陽がかかっている。けっして日本にはありえぬ風景である。すると、フランス人記者の指摘が、あながち的を外してはいないように思えてきた。

二・二六は襲撃目標こそ明確だったが、政治目的は不明だった。青年将校たちは、行動を起こすことのみに価値を見出していたとしか思えない。だから世論は、彼らに同情こそすれ同調することはできなかった。

しかし、彼ら青年将校とさして年齢が違わず、同じ軍人でもある張学良が二・二六の報せに接した場合、彼のうちに特殊な反応が起こるのではあるまいか。

彼には挙兵してしかるべき政治目的が明確にある。むろん、彼に呼応する東北軍の将兵にも、いや支那国民の多くが、けっして同情ではなく同調するはずである。

そう考えれば、西安事変は二・二六事件に触発されて起こったとも言えるのではないか。

「どうしました、北村さん。ひどく難しい顔ですな」

日本語で話しかけられて振り返ると、志津大尉が笑いかけていた。

ひとりだけ寒々しいそぶりをしないのは、おそらく軍人の心がけなのだろうが、それでも記者たちに紛れてしまえば同業者としか見えない。

「いえね、軍法会議にかけられるからには、銃殺かしらんと思いましてね」

志津が外套の隠しから、新聞紙にくるんだ焼芋を取り出して二つに割った。

「名物の壺焼芋です。戒厳令下でも食い物は売っている。さすがですな」

黄色が濃く、舌がとろけるほど甘い芋だった。

「銃殺。それはありますまい。この軍法会議は茶番です。もし学良の身に何かあれば、東北軍は黙っていない。剿共《そうきょう》戦とは比べものにならぬ内戦が始まります」

「しかし、裁判にかけられるということは、張学良の主張が通ったのではなく、クーデターが敗れたのでしょう。すると、結果は銃殺刑しかない」

焼芋を食いながら、志津は空を仰いで言った。

「蔣介石は日本と同じ真似はしませんよ。支那人の寛容さを世界に示すチャンスでしょうに」

それは同時に、日本人の不寛容や残忍さを、世界に示すチャンスということだ。

日本語をいくらか解するのか、ル・フィガロの記者が二人の会話に聞き耳を立てていた。

午前十一時を回ったころ、憲兵隊のオートバイに先導された乗用車が、続々と衛門を出て行った。

記者団は色めき立った。門扉を開閉するどころか、衛兵たちが捧げ銃《つつ》の敬礼を直る間もないほどの数だった。

「昼飯にしては早すぎますね」

「茶番ですから早いも遅いもないんでしょう。腹がへったら飯を食うんです」

本日の裁判の被告人は、張学良ではなく「事件関係者」とされている。しかし、西安から飛来した張学良の軍用機には、東北軍の将領も、むろん楊虎城も乗ってはいなかった。副官と当番兵、それと調停にあたっていた宋子文《そうしぶん》が同乗していたと聞いている。

「やっこさん、出て来ませんか」

「いや、昼飯を食う約束ですからね」

衛兵が門扉を閉めかけたころ、ほとんどジムの専用車になっている首都飯店のリムジンが出てきた。

「どうしてやっこさんが捧げ銃なんです」

「それァ北村さん、何と言ったってアスター子爵家の執事という立場ですからね。アメリカの財閥というより、英国貴族の代理人に対しては、やはり捧げ銃でしょう」

ジムとアスター家の関係については、北村も志津もよくは知らない。知る必要もないから訊きもしない。

しかしまさか、「アスター家の執事」という名目で非公開の軍事裁判を傍聴できようとは。

「ヘイ、ベイツゥエン！」

後部座席の窓を開けて、テールコートにシルクハットという正装の「執事」が北村の名を呼んだ。どっと駆け寄る記者たちを衛兵が押し返した。

銃口にも怯まず食い下がったのは、ニューヨーク・タイムズの酔いどれ支局長である。

「おまえ、何だよ。何だってんだよ。西安《シーアン》に行ったんじゃないのか」

ジムが平然と、見ようによってはたしかに貴族の執事と思える高貴な表情で答えた。

「おや、どなたかとお間違えでは？」

「この野郎、おまえ、何者だ」

窓ごしにステッキの柄を掲げ、肩をすくめてジムは答えた。

「アイ・アム・ライアー・ジム。嘘つきジムと申します。お見知りおきのほどを」

リムジンは北村と志津を呑み込んで走り出した。

静まり返った南京の街路がフロントガラスに翻ってゆく。

「あながち茶番とは言い切れませんよ、志津さん」

運転手にホテルに戻るよう指示したあとで、ジムはシルクハットを膝に置いて言った。

「被告人は張 学 良《チャンシュエリャン》の高級副官で陸軍大佐。姓名は陳 一豆《チェンイードウ》。年齢は四十歳。張作霖《ヅオリン》の子分だったそうです。申しわけないが法廷内では筆記が許されていないので、記憶が頼りです」

車は冬枯れたプラタナスの並木道に入った。中山東路である。あちこちに銃を構えた兵隊が立っているが、車の鼻先に立てられた青天白日旗を見るや、たちまち剣付き銃を捧げ持った。どうやら国旗は、「外賓《ワイビン》」の黄旗より格段に上等であるらしい。

「陳一豆大佐ねえ。いや、僕は知らんな。耳に覚えのない名だ。ところで、本日の公判は終了ですかね」

「いいえ、志津さん。二時間後に再開します。ちょっと紛糾したもので」

「二時間かけて対策を考えねばならんほど揉めた、と」

「いや、昼食に二時間かけるのでしょう」

張学良の高級副官といえば、東北軍の顕官である。だが、日本軍の情報将校が名前を聞いたためしもない。

「で、その陳一豆が何を主張しているのですか」

北村はジムに訊ねた。

「まあ、簡単に言うなら、張学良をかばっているのです。その苦悩を見るに見かねて、自分が勝手に兵を動かして蔣介石《ジャンジエシィ》を拘束した、と。張学良を引きずりこんだと言っています。誰が考えたって、そんなことがあるはずはない。でも、何ていうかな、気迫が物凄くて。裁判官も検察官もたじたじでした」

「なるほど。それでしばらく休廷して、頭を冷やせ、と」

「いいえ、腹がへるとよけいに興奮しますから、早目に飯にしよう、と」

陳一豆《チェンイードウ》。北村はその愛らしい名前に思い当たった。

まちがいない。軍人に二人いる名前だとも思えない。

清朝最後の皇帝、すなわち現在の満洲国皇帝である愛新覚羅溥儀《アイシンギョロプーイー》を相手取って、離婚裁判を起こした側妃があった。その女性のインタビューを取った折に、たしか陳一豆という軍人の名を聞いた。

四年前のインタビューであるから手帳はない。さて、話のどこに登場したか。物を考えるときの癖で、北村は首筋をしきりに揉んだ。

志津とジムは、自由自在の支那語で、噛み合わぬ話を続けている。

「どうして罪をかぶる必要があるんだい。張学良《チャンシュエリャン》を殺そうものなら、ただちに内戦が始まるし、あちこちで暴動も起きる」

「いや、志津さん。蔣介石《ジャンジエシイ》ならやりかねませんよ。張学良を殺して世論を敵に回すか、彼を生かして自分の地位と権威を脅かされるか、その選択です。しかも張学良は若い」

「ありえんなあ――」

そこで志津が声をひそめて、「伝説がらみならば、まるでちがう話になりますよ」と言った。

ジムはひとつ溜息をついてから、「それを考えると、頭がおかしくなります」と答えた。

思い出した。北京の劉海胡同《リウハイフートン》。四合院《スーホーユアン》の庭に梅が咲いていた。

かつて皇帝の妃《きさき》であった人は言った。天津《ティエンジン》の静園《ジンユアン》を脱出したあと、一年の間彼女が匿《かくま》われていたのは、張作霖《ヅォリン》の愛妾が住まうフランス租界の館だったと。

そしてその館には、三十代なかばの、陳一豆という腕利きの護衛官がいた。

「おい、ジム。その陳大佐はもしや、片足が不自由だったんじゃないか」

北村は二人の論争に割って入った。

「ああ、ご存じですか」

「知り合いじゃないがね。いや、だが想像は働く。午後の法廷はもっと揉めるぞ。張学良のためなら、いつだってどこだって命を投げ捨てるやつだ」

どうやら因縁というものは、国の広さや人間の多さとはかかわりがないらしい。

あるいは——すべてがあの龍玉とやらの神秘に組み込まれているのだとしたら、それは因縁などではなく、むろん偶然でも錯覚でもなくて、自然の摂理というべきかもしれない。そう思うと窓を過ぎる景色の何もかもが、見たままとはまるでちがう、書割《かきわり》か何かのような気がしてならなくなった。

13

——静粛に。ではこれより、被告人陳一豆に対する訊問を再開する。なお、当審判は上告を認めず、本日の審理終了後に審判長以下三名の審判官の合議を経て、即日判決を申し渡す。被告人は慎重な発言をするよう留意されたい。

まず、兵変《ビンビエン》の主謀者である張学良、および楊虎城《ヤンフーチョン》の行動について知るところを述べよ。

お答えします。蔣《ジャン》委員長の命令により、張学良《チャンシュエリャン》上将が東北軍を指揮して西安《シーアン》に進駐したのは、昨年の九月であります。使命は陝西《シャンシー》省北部にあるソヴィエト区の覆滅、および毛沢東《マオヅォトン》ひきいる共産軍の討伐でありました。かねてより安内攘外策に反対の立場であった張将軍に対し、蔣委員長がなぜかくなる命令をなされたかは甚《はなは》だ疑問であります。

共産軍に対して直系の中央軍を差し向けず、非直系の東北軍をこれに当たらせて損耗させる策であったと、本官は考えます。なぜなら、西安に進駐したのち航空機を始めとするさまざまの偵察を実施いたしましたところ、同地区に立てこもる共産軍は驚くほど強大であり、広範囲に点在する根拠地も堅固で、全国から結集した農民兵の士気も、すこぶる旺盛であると判断されたからであります。

委員長がしきりに喧伝されたような、これは全国統一のための大詰めの戦ではない。張学良将軍に花を持たせて、「不抵抗将軍《プーディカンジァンジュン》」の汚名を返上させるための作戦ではないと、はっきりわかりました。

西安には楊虎城《ヤンフーチョン》将軍麾下の第十七路軍がありました。東北軍に比べれば小規模でありますが、もともと陝西《シャンシー》を地盤とする西北軍閥の後継であり、国民政府に合流して第十七路軍と命名されたのであります。

よって、これも非直系軍であります。かつて張学良将軍が奉天《フォンティエン》にあって「東北王《トンペイワン》」と呼ばれていたのと同様、楊虎城将軍は西安に土着する「西北王《シーペイワン》」でありました。

こうした事情により、楊将軍は張将軍が西安に進駐し、十七路軍がその指揮下に入ることについては、快く思っていなかったにちがいありません。

事実、進駐当時は両将軍の間に諍《いさか》いも少なからず、両軍の将兵たちもいがみ合っていたのはたしかであります。

しかし日を経るうちに両将軍は理解を深め、また東北軍が共産軍との戦闘にあたり、十七路軍は西安市と周辺地域の守備にあたるという役割の分担によって、両軍の関係も良好になりました。

楊虎城将軍は陝西軍閥の一兵卒から叩き上げた苦労人ですが、本官などとはちがって勤勉で教養もあり、一見したところ軍官学校出身の軍人を思わせる風貌であります。頭脳明晰で度量も広く、さすがは馮玉祥《フォンユエシアン》の軍隊を譲り受けた人物だと感じました。

楊将軍は共産軍の強さをよく知っておりました。剿共戦に消極的であること、十七路軍内部に共産党員がいることなど、中央からは疑いの目を向けられていたようでありますが、けっして楊将軍が共産思想に冒されていたわけではありません。

共産軍の前線指揮官である劉志丹《リウシタン》は、国共合作時代に黄埔《ホワンプウ》軍官学校を出た軍略家であります。よって楊将軍はやみくもな力攻めはせず、内部に党員を貯《たくわ》えて、情報収集や謀略に利用していたのです。

しかし、東北軍の進駐は剿共戦の交代でありますから、楊将軍の面目は潰されました。こうした状況下で、両将軍が理解し合えたのは、ひとえに蔣委員長の「安内攘外策」を誤りとする意見が一致したからであります。

　これほど強い共産軍を、味方につけず敵に回すのは愚かしい。前線の両将軍がともにそう考え、しばしば建言もしているというのに、後方にある総司令官が耳を貸そうともしなかったのは、いったいどうしたわけでありましょう。

　本官は確信いたしました。これは共産軍と非直系軍を戦わせ、ともに滅さんとする策略なのだ、と。共産党を打倒するとともに、旧軍閥も骨抜きにせねば統一はならないと考え、蔣《ジャン》委員長はまるで三国志の時代のような策略をめぐらしていたのです。安内攘外策の真の目的はそれだと思いました。

　軍略など知らぬ本官がそうと確信したほどでありますから、戦場にある指揮官や参謀が考えぬはずはありません。東北軍の士気は下がり、共産軍の攻勢が始まりました。

　昨年九月以降に、嶗山《ラオシャン》、甘泉《ガンチュエン》、楡林橋《ユイリンチアオ》等の会戦において東北軍が、師長も参謀長も戦死し、団長以下数千名が捕虜になるという大惨敗を喫したのは、戦争の正体がわかってしまった結果なのです。

　東北軍は故郷を追われた、流浪せる軍隊であります。満洲の故地を奪還せんとするなら、存分に戦いもしましょう。しかし、なにゆえ蔣委員長の思惑通りに、同じ中国人を相手に戦って滅びねばならぬのか。上は張《チャン》将軍から下は一兵卒に至るまで、東北軍の将兵はひとり残らずそう考えていたと思います。

　共産軍攻勢ののち、こんなことがありました。

東北軍の前線が破綻《はたん》したので、張学良《シュエリャン》将軍はやむなく十七路軍の一部に出動を命じました。すると、楊虎城《ヤンフーチョン》将軍が激昂して言うには、

「中央からは軍費もこなければ補給もない。まして東北軍の精鋭が敗れた前線に、装備も兵力も劣る私の軍隊を送ってどういう結果になるかは明らかだ」

　しかし張将軍は命令を翻えそうとはせず、私費の十万元を渡して十七路軍の軍費に当てたのです。

　こうした西安《シーアン》の実情を、はたして審判長はご存じでありましょうか。金も弾薬も送らず、ただ陝北《シャンベイ》や甘粛《カンスー》や寧夏《ニンシャー》の僻地にあって戦をせよと命ずるは、流刑地への無期徒刑に等しいではありませんか。

　以上、西安における両将軍の立場について、偽りなきところを述べました。

――両者の立場について訊ねたのではない。前線指揮官の立場など、戦場において斟酌《しんしゃく》されるべきではあるまい。戦争には勝者と敗者と、勇気と怯懦《きょうだ》のあるばかりだ。では単刀直入に訊ねる。そうした情勢下にある本年四月九日、張学良はみずから空軍機を操縦して共産軍の本拠地たる延安《イエンアン》に至り、同地のキリスト教会において、周恩来《ジョウエンライ》副主席と秘密裏に会談を持った。相違ないか。

　そのような事実はなし。張学良将軍を陥れんとする謀略である。剿共戦の指揮官と共産党副主

席の会談などありえない。

――張学良《チャンシュエリャン》と周恩来《ジョウエンライ》は、かねて面識があるのではないかね。天津《ティエンジン》租界、もしくは上海において交遊があったのではないか。

本官は天津でも上海でも、常に張学良将軍のかたわらにありました。のみならず面会者の素姓は、本官がひとり残らず承知しております。

――面識のない相手を訪ねるはずはない。ましてみずから飛行機を操縦して。

ですから、そもそもそのような事実はないと言っているのです。証言があるとすれば、必ず虚偽であります。どうして審判長は、ありうべからざるそんな話を信ずるのか。手続きを経ずに指揮官同士の会談ができるのなら、はなから戦争など起こらず、起こったところで続きようがないではないか。

――静粛に、陳《チエン》大佐。興奮してはならない。

もし本官が、「蔣介石《ジャンジエシイ》と毛沢東《マオヅォトン》が密談をかわした」と証言したら、審判長はどう思われますか。言下に否定するのみならず、憤激し、興奮することでしょう。軍人である限り、上官に対する忠誠心は同じであります。

――虚偽の答弁をしているのは貴官だ。たとえ上官に対する忠誠心のあらわれであろうと、軍事法廷を冒瀆《ぼうとく》することは許されない。

そちらこそお静まり下さい、審判長閣下。たとえ非公開の裁判であろうと、ここは神聖なる法廷ですぞ。

――やれやれ。張作霖《ヅオリン》大元帥は議論の達人だったと聞いている。どうやら貴官が教えこまれたのは、騎射の技だけではなかったらしい。

いえ。総攬把《ツオンランパ》は議論を好みませんでした。今、本官の手元にそのモーゼルと一発の弾丸がないのは、審判長の幸運であります。

本官は射撃の技のほかに、総攬把から教えられたことは何もありません。それはおかしいとおっしゃるのであれば、おそらく総攬把のみたまが、本官の口を藉《か》りて語っておられるのでしょう。

――本題に戻ろうじゃないか、陳《チェン》大佐。

望むところであります。

――四月九日の延安《イエンアン》における会談を、貴官は否定した。では次の質問に移る。本年十月、蔣《ジャン》委員長が宋美齢《ソンメイリン》夫人を伴って西安《シーアン》を訪れたとき、兵変《ビンビエン》の計画はあったか。

さきに申し上げましたように、この兵変は本官が実行し、張学良《チャンシュエリャン》将軍ならびに楊虎城《ヤンフーチョン》将軍を引きずりこんだのであります。よって、そもそも計画と言えるほどのものはありません。

当時、われわれは士気沮喪《そそう》し、戦線は膠着しておりました。委員長は痺れをきらして督戦にいらしたのであります。そしてたびたび、張学良将軍を激励し、ときに叱咤なさっていました。軍事委員会委員長として、副司令は部下であります。後方にあるとは言え、軍の総司令官は蔣委員長であり、前線の張将軍は副司令官であります。よって叱咤激励も督戦も当然ではありますが、本官は臍《ほぞ》をかむ思いでした。

いくたび拳銃に手が伸びたか知れません。しかしそのつど、張将軍の委員長に対する敬意の念に思いを致し、怒りを押しとどめたのであります。

それでも蔣委員長はまったく無警戒で日々を送られ、あるときはご夫妻が駕籠《かご》に乗って西安の東方に聳《そび》える華山《ホワシャン》に登り、山上の宿に泊まって風光を楽しまれるというほど、悠然たるご様子でありました。すなわち、本官に計画があったのなら、いつでも実行できたのであります。

華山の観光から華清池《ホアチンチー》の宿舎に戻られた翌日、蔣委員長は西安郊外の軍官訓練団を訪れ、約五百名の士官候補生たちに、講話をなされました。

登壇なさった委員長は大元帥服の礼装にサーベルを佩《は》き、白手袋まではめておられました。そうして若き候補生たちに、なかんずく先頭の席に並ぶ張学良将軍と楊虎城将軍を睥睨《へいげい》しつつ、すこぶる激越に、共産主義のあやうさと徹底粛清の必要を説き、安内攘外策の推進を弁じたのです。

蔣委員長が講話をおえ、両将軍を引き連れて退場したあと、本官は演壇の下に立って候補生たちに訴えました。

「諸君は日本の二・二六事件を知っておろう。われわれから故郷を奪った東洋鬼《トンヤングイ》でさえ、憂国の志《こころざし》を持っているのだ。ならば諸君のうちに、たったひとりでもその気概を持つ者はないのか。張学良将軍に忠誠を誓う東北軍将校ならば、どうしてあのような男をのさばらせておくのだ」

立ち上がる者はいなかった。蔣介石《ジエシィ》委員長の権威は、実にそうしたものだったのです。若者たちはもう、矜《ほこ》り高き満洲の子らではない。あの清らかな風を覚えてはいない。東北軍とともに流浪し、屈辱に親しんで、民国の奴隷に堕ちてしまった。

そのとき本官は、自分ひとりで立つほかはないと思ったのであります。

——陳大佐。つまり貴官は、蔣委員長を拘束し説得するのではなく、殺害する意志を持っていたことになる。

はい。殺そうと思っておりました。ただ、委員長を兄とも慕《した》う張《チャン》将軍の嘆きと驚きを想像すれば、なかなか決心がつかなかったのであります。

――何とも怖ろしい話だ。

本官にとっては、これまで奪ってきた百の命と、蔣《ジャン》委員長のお命に重みのちがいはありません。軍人は奪った命の数が勲《いさおし》であります。どうして同じ軍人である審判長が、ひとごろしを怖ろしいなどと申されるのか、本官にはまったく理解ができません。それとも、もしや審判長は、何ひとつ勲のないまま将軍の地位にまで出世なされましたのか。もしそうであるのなら、本官の命を差し上げます。勲となされよ。

――余分な弁舌は控えたまえ。では訊問を続ける。貴官はいつ、叛乱の決心をしたのか。

はい。それははっきりしております。まず十一月二十三日、上海における救国会指導者の一斉逮捕であります。抗日運動の中心人物七名を中国官憲が逮捕したというのは、すなわち蔣委員長も政府要人も、抗日の意志がないどころかみな親日家なのだと思い知りました。

そして、奇しくも同日夜半、綏遠《スイユエン》事件が発生しました。日本の関東軍に操られたモンゴル王族軍と中国軍の軍事衝突であります。

綏遠省は長城を挟んで共産党ソヴィエト地区と接しておりますから、この事件はわれわれにとっても脅威でありました。

傅作義《フーヅオイー》将軍の敢闘により敵を敗走させましたが、蔣委員長は追撃を許さず、戦闘を停止させてしまったのです。

かつて関東軍が、清の廃帝を擁立して満洲国をでっち上げたのと同様に、モンゴル王族の徳王を立てて、第二の満洲国を内蒙古に作るつもりであることは明らかなのです。満洲を奪われたわれわれが、どうしてこの目論見《もくろみ》を看過できましょう。

しかし、蔣委員長は勝ち戦にもかかわらず矛《ほこ》を収めてしまった。抗日戦を回避してしまったのです。

上海における抗日指導者の一斉逮捕、同日に起こった綏遠事件とその事後処理。本官の決心はこの二点において、揺るがざるものとなりました。

――その決意を張学良《シュエリャン》に伝えたか。

いえ。自分自身の決心は述べておりません。口に出せるはずはありますまい。そもそも本官は、高級副官に任命されておりますが、実は護衛官にすぎないのです。張学良将軍と同じ目の高さで物を言うなど許されません。

――ということは、護衛官として身のほども弁《わきま》えぬ、大それた行動を取ろうとしたのだな。

さて、そうでありましょうか。本官がお護りしている張《チャン》将軍が、危機に陥っているのはたしかでした。悩みに悩んで、自殺なされてもふしぎではない。憤死するかもしれない。そうした危険を取り除くのも、護衛官の任務であるはずです。

――続けたまえ。その後、何があったのだね。

十二月の初め、西安《シーアン》行営に高級副官あての暗号電が着信しました。発信者、発信地については言えません。ただし、信頼できる人物からの確実な情報であります。

蔣《ジャン》委員長の営所は洛陽《ルオヤン》でありました。本官を知る者がたまたま、幕僚の執務机の上に不穏なメモが残されているのを見て報せてくれたのです。

「東北軍全軍を撤収。中央軍と交替。十七路軍、共産軍と引き離すこと。移駐先は安徽《アンホイ》、江《ジャン》蘇《スー》、福建《フーチエン》」

まさかいたずら書きではない。そう決定したのかそういう方針なのか、いずれにせよ蔣委員長および同行の中央将領たちは、東北軍の解体をめざしている。

事態は緊急を要します。命令が出てからでは遅い。そこで本官は、解読された暗号電を持って公館に駆けつけ、将軍を叩き起こして報告しました。

「まちがいないか」

「まちがいありません」

すると将軍はただちに軍服を召されて寝室から駆け出しました。従う者は本官と、若い当直副官のみでありました。ほかの部下は誰も追いつけず、自家用車のハンドルは将軍がみずから握って城外の飛行場に至り、さらにまた将軍が軍用機を操縦して洛陽に向かったのであります。

行営に到着したときはすでに夜も明けており、早起きの蔣委員長は中庭で体操をなさっておりました。

「おや、漢公《ハンコン》。何かありましたか」

「いえ。急ぎ介公《ジエコン》に申し上げたい議があります」

ああ、そうです。両将軍は公務の場では上下を弁えておられますが、二人きりになるとそうした語り口になります。張将軍の字《あざな》は「漢卿《ハンチン》」。蔣委員長は実名が「中正《チョンジョン》」で「介石《ジエシイ》」が字です。親しく字を呼び合い、かつ敬意を表せば、「漢公」「介公」ということになるのでしょう。

参謀や指揮官たちは両将軍の部下ですが、副官は将軍の「影」でありますから、見えていてもいないとされるのが帷幕《いばく》の常であります。

いずれにしろ、本官が幾度もお見受けしたそういう場面には、何やらこう、浮世の出来事とは思われぬ神仙の気が流れておりました。

両将軍は屋内に入ろうともせず、四合院《スーホーユアン》の中庭で向き合ったまま言い争いました。

「どうして介公《ジエコン》は剿共戦にこだわるのか。かつては共産主義に理解を示した時期もあったではないか」

「統一のためである。漢公《ハンコン》こそ、抗日戦にこだわるのは私怨であろう」

「いや、国民の総意だ」

「そんなはずはない。それほどまでして親の恨みを晴らしたいのなら、私を殺して君が日本に宣戦布告したまえ」

「できるはずはない。民国を率いる者は、多くの戦争を生き残り、多くの政争を勝ち残ってきた介公しかいない」

「ならばなぜ私に服従せぬ。私自身が革命だ。私に服従しない君は、すなわち反革命だ」

「東北軍は国府軍である前に私の軍隊である。いかな介公といえども、私の同意を得ずして勝手な指揮を執ることは許されない。私の部下たちはけっして介公の意のままにはならない」

「君の東北軍と私の中央軍が相まみえることになるぞ。そうとなれば日本の思うつぼではないか」

「だからそうならぬよう、一致抗日せよと言っているのだ。介公は卓越した軍事的才能に恵まれ、革命愛国の情熱は誰にもまさる。それは私などとは比べようもない。しかるに、頑迷で剛直で、事物に対し好悪が激しすぎる。なにゆえ、考え直すということができないのだ。その性格の革《あらた》まらぬ限り、王者として認めることはできない」

本官は同様の議論をたびたび目撃しております。しかしそのときはいつになく、両将軍ともに激越でありました。

けっして和解はない。両者ともに妥協はありえない。このままでは最悪の事態を招くと、本官は確信いたしました。

張学良《チャンシュエリャン》将軍は漂泊せる貴人であり、蔣《ジャン》委員長は苦労を重ねてのし上がった草莽《そうもう》の人であります。同じ軍人であっても、気性がちがいすぎるのです。

そののち、お二人は房内に入って朝食の卓を囲みながら、上海における救国会員逮捕の問題について論じ合いましたが、やはりたがいに持論を譲らず、何ひとつとして意見の嚙み合うところはなかった。

するとふいに、両将軍が同時に箸を置いて、壁際に侍立《じりつ》するそれぞれの副官に退室を命じました。

「影」にも聞かせられぬ話など、あるのでしょうか。そこで本官は無礼きわまるとは知りながら、「拳銃を預からせていただけますか」と進言いたしました。

蔣委員長が申されました。

「その必要はない。私が漢公の命を奪うことは永遠にないし、また漢公が私を害することも永遠にない」

副官は退室し、密談が始まりました。時間はほんの、五分か十分であったと思われます。むろん、何が話し合われたのかは知る由《よし》もありません。

——蔣《ジャン》委員長の貴官に対するご発言は興味深い。たしかに、挙兵ののち張学良《チャンシュエリャン》は委員長を殺さなかったし、委員長も恭順して南京に同行した張学良を殺さなかった。しかし、陳《チェン》大佐。それは委員長と張学良の間の信義であって、当法廷の判決を脅かすものではない。

　それは、ご両者の間の信義を無視して、張学良将軍に対し死刑を宣告する用意がある、という意味でありましょうか。

——用意があるわけではない。法は公正に遵用《じゅんよう》される。

　公正か不正かではない。信義にまさる法などあってはならない。それこそ蔣委員長の信義に対する、法の反逆ではありませんか。礼に対する、法の叛乱ではありませんか。

——待ちたまえ、陳大佐。貴官の言い分はあまりにも理路が正しい。どうやら訊問を停止して、貴官の軍歴に偽りがないかどうか、この頭を散髪してもらう必要がありそうだ。

　喜んで。日本ふうの坊主刈にいたしましょうか。閣下にはお似合いです。

――今いちど訊ねる。貴官が目に一丁字もなき人物とは思えない。どこで、誰に学んだ。

奉天《フォンティエン》にて、目に一丁字もなき張作霖《ヅオリン》総攬把《ツォンランパ》に。そののちは、拳銃に。よって本官は、まっすぐに生きることしかできません。

――これより一時間の休廷とする。被告人は審判長室に出頭せよ。

14

休廷が宣言され、裁判官や被告人が退場してからも、僕は椅子から立ち上がることができなかった。

中国を学び、中国に憧れ、ようやくその大地を踏んだ僕は、とうとう中国人の心性という、外見には表れない部分に触れたのだった。

この国には、歴史と文学と思想哲学が別個の学問ではなく、ひとつの塊《かたまり》として存在している。しかも、その塊の体積と密度は、とうていキリスト教諸国の比ではない。だからそこに生きる僕ら、わけても歴史の浅いアメリカ合衆国に生まれ育った僕は、論語を学んでも史記を読んでも、詩文や稗史《はいし》小説に親しんでも、実はそれらの表層しか理解できず、わかったような顔をしていただけなのだ。

つまり、裁判における被告人の陳述は、僕らの考え及ばぬ塊の大部分、中国人の心性とでもいうほかはない本質を、僕の目の前に提示したのだった。

たとえば、読み書きすら満足にできない人間が、学問にも宗教にも頼らずにみずから成熟して、法廷において堂々たる意見を述べるのである。

あるいは、法理に対して人理をもって対抗する。迷うことなく是非を断ずる。さらには、信義という功利なき人間関係について論じ、自身がその範たらんとして死を求める。

もしこうした陳述が欧米の法廷でなされるとしたら、どれほど雄弁であろうが論理はたちまち破綻し、被告人は誇大妄想を疑われて精神鑑定を要求されるだろう。

だが、陳一豆《チェンイードウ》の証言はその真偽のほどは別としても、過不足なく一貫しており、限りなく明晰《めいせき》だった。

なぜ。この質朴な、たしかに高級副官とは名ばかりの一介の護衛官が、なぜ。

彼は学び尽くせるはずのない叡智《えいち》を、教室や書物からではなく、人間から学んだのだ。それはむろん、哲学のない教授が哲学のない学生に授ける、キリスト教普遍主義に毒された薄っぺらな学問ではない。読み書きのできぬ人間が同じ境遇の人間に口伝《くでん》し、あるいは身をもって教えこむ、歴史と文学と思想哲学の塊である。

彼らは無知なのではない。正しくは、彼らに読み書きなど必要ないのだ。

兵隊が茶を運んできた。

たとえばこの馥郁《ふくいく》たる香りと深遠な味わい。僕の育った世界にはありえない。

軍官学校の講堂は広いが、スチーム暖房が行き届いて温度も湿度も快適だった。ステージはビロードのカーテンで閉ざされ、それを背にして三人の裁判官の席が、一段高く設けられている。両袖に検察官席と書記席があり、被告人席と証言台は裁判官席に向き合っていた。デスクと椅子はどれも艶《あで》やかなローズウッドで、講堂の黒と白との内装によく映えた。何人かの傍聴人は席を離されていて、やはり貴族の座るような背もたれの高い椅子と、精緻なレリーフを施したテーブルが与えられていた。

それぞれの卓上には参考資料として、西安《シーアン》周辺の地図が拡げられている。このサービスのおかげで、僕はついぞ知らない事件現場の位置関係を確認することができた。ただし入場時の身体検査で、筆記具と手帳は取り上げられている。

僕以外の傍聴人はみな中国人で、勲章をみっしりと懸けつらねた軍人もおり、長袍《チャンパオ》に馬掛《マーコワ》を重ね着した士大夫ふうもあった。中には写真で見知っている、国民政府の顕官もいた。

僕が開廷まぎわに入場したとき、彼ら傍聴人はみな胡乱《うろん》な目を向けた。そこで進行役の憲兵将校が、いかにも貴賓を迎えるようにうやうやしく、僕を紹介してくれたのだった。

まさか「ニューヨーク・タイムズの特派員」ではない。

「こちらは、ウィリアム・ウォルドルフ・アスター子爵閣下の代理人、ジェームス・リー・ターナー博士にあらせられます」

傍聴人の誰もが納得したような顔をしたのは、中国に莫大な投資をし、おそらく国民政府の大スポンサーにちがいない、アスター財閥のご威光というものだろう。

僕は首都飯店《キャピタル・ホテル》のイギリス人支配人に感謝しなければならない。裁判を傍聴する僕に、礼服一式を用意してくれたのは彼だった。シルクハットや、聖職者みたいな純白のストールなど、何もそこまでと思いもしたが、なるほど「アスター家の執事」ならそういう身なりをしなければならないのだろう。

中国に来てから、茶は音を立てて啜るものだと知った。

僕は軽い酩酊感を覚えながら地図を確かめた。アメリカ人でも理解できる程度の、簡略な地図である。

西安《シーアン》とその周辺。欄外には市内の拡大図が掲載されている。南京のように不規則ではなく、東西にやや長い四角の城壁に囲まれた市街は規矩として、いにしえの都長安《チャンアン》そのままであるように思えた。城壁の北側に沿って隴海《ロンハイ》線の線路が延び、西の城外に飛行場がある。周辺には郷紳《きょうしん》の名を冠した封建時代の農村が点在している。

蔣介石《ジャンジエシイ》が司令部を置いた洛陽《ルオヤン》は、西安から東に三百五十キロ程度。ということは二百二十マイル。あんがい遠い。東北軍の移駐計画を知った張学良《チャンシュエリャン》は、西安城外の飛行場から洛陽へと飛んだ。軍用機をみずから操縦して。

華清池《ホアチンチー》はどこだ。ここは意外なくらい西安から近い。せいぜい東に三十キロあまり。つまりたった二十マイル。ものすごく大雑把に言うなら、西安から洛陽はニューヨークとワシントン。華清池はずっと近いニュージャージーのどこかというところだろうか。なるほど玄宗皇帝が楊貴妃を伴って行幸するには、ころあいの距離である。

今日では臨潼《リンタン》という最寄り駅があるので、西安から隴海線に乗ればほんの三十分ばかりで到着するだろう。

僕は茶に酔いしれて目をとじた。肉体を通過して胸にしみ入るこの陶酔感は、いったい何ものなのだろうか。アルコールではけっして癒されぬ心の憂《う》さを、茶の酩酊はやさしく包みこんでくれる。

どうして母に、中国の茶を淹《い》れてやらなかったのだろうと僕は悔いた。それはチャイナタウンにも売っていたし、イェールの中国人留学生にふるまってもらったこともあるのに、あのころの僕は苦いと感ずるばかりで、酔うことを知らなかった。もし僕がそれに気付いて、ウイスキーのボトルをアパートメントの窓から投げ捨てる前に一服の茶を淹れていたならば、母はトライベッカの裏街にお似合いのあんなみじめな死に方はせず、今も罪のない酩酊に身を委ねて、僕の帰りを待っているのかもしれなかった。

三十分が経っても、法廷に戻ってくる傍聴人はいなかった。陽だまりでおしゃべりをしているのだろうか。それとも軍官学校の食堂で、饅頭《マントウ》かヌードルでも食べているのだろうか。それにしても、二時間の休廷のあと審理がいくらも進まぬうちに、また一時間の休廷とは呑気すぎる。どうやら彼らには、「分」とか「秒」という時間の単位がないらしい。ならばいっそ、時計の針を一本にしてしまえばよさそうなものだが。

咳払いが聞こえて振り返った。二階席から張り出した桟敷に、防寒コートを着たままの軍人が座っていた。厚い毛襟《けえり》のすきまから、金色の階級章が覗いていた。

どうして灰色の軍服を着た東北軍の将軍が、この場所にいるのだ。しかも傍聴人席ではない二階桟敷に、ひとりぽつんと。

ふと目が合ったとたん、僕はまるで額に銃口を押しつけられたように動けなくなった。まちがいない。ニューヨーク・タイムズの紙面をたびたび飾った顔だ。

その威厳に怖れおののいて、僕は思わず椅子から立ち上がり、テールコートの胸に手を当てて敬意を表した。すると将軍は、座ったまま防寒帽の庇《ひさし》に軽く手を添えて応じてくれた。

それから、巻莨をくわえて火をつけ、黄色い缶を丸ごと階下に投げてよこした。狙い定めたようにすっぽりと僕の掌《て》の中に入ったアルミニウムの缶には、軍服の肖像画とともに「馬占山香煙」と書かれていた。

馬占山《マーチャンシャン》。嘘だろ。

満洲のロビン・フッド。東北のデビー・クロケット。中国のナポレオン。アメリカ人が泣いて喜ぶヒーローに、ニューヨーク・タイムズはいくつの称号を奉《たてまつ》ったことか。

「馬占山香煙」は上海でも南京でも売られている。むろん馬占山将軍が製造しているわけではなし、自己宣伝でもない。タバコの商標になるほどのヒーローなのである。

僕は名刺がわりに投げられた巻莨の缶を、もういちど勲章のように推し戴いた。

長い休憩のあと、人々はふしぎなくらい一斉に戻ってきた。

だらだらと暮らしているようでありながら、帳尻は合わせるのである。

傍聴人の着席を待って、被告人が入廷した。手錠も腰縄もない。東北軍の軍服はよく手入れがされており、拍車のついた長靴《ちょうか》もぴかぴかに磨き上げられている。襟には大佐の三ツ星が輝いている。名誉は剝奪されていないことになる。

陳一豆《チェンイードウ》。おそらく北京の街頭の床屋の徒弟が、拐《かどわか》されるようにして北洋陸軍に、つまり清代の袁世凱《ユアンシイカイ》の軍隊に動員されたのだろう。そして転戦先の東北で張作霖《チャンヅオリン》の部隊に転じ、「剪髪《ジャンファ》」と呼ばれる従兵になった。

僕はふと、ホテルの窓の下に店開きをしていた散髪屋のことを思い出した。もし兵隊に取られなければ、きっと陳一豆もあんなふうに、北京の槐《チャイニーズ・スカラー》の並木道で、今も鋏をふるっているにちがいない。

そう思うと戒厳令の布告された夕まぐれに、椅子と道具箱だけを持って消えたままの散髪屋が、僕に背を向けて被告人席に座っているような錯覚に捉われた。

陳一豆はそんなことを考えてしまうくらい、朴訥《ぼくとつ》な印象の男だった。

「全体起立《チュアンティーチーリー》！」

憲兵の号令で全員が立ち上がった。三人の裁判官が壇上の席についた。ともに五十歳前後の、軍服も厳《いかめ》しい将軍である。

驚いたことには、李烈鈞《リイリエジュン》裁判長の頭が仏僧のような丸刈りになっていた。日本の陸軍士官学校を出たこの将軍は、坊主頭に抵抗がないと見えて、休廷中に陳一豆の腕だめしをしたらしかった。

中国人には珍しい立派な口髭《くちひげ》もていねいに整えられ、一時間のうちにずっとハンサムになった。

僕は絹のストールで口を覆って、こみ上げる笑いを咳に変えた。ほかの傍聴人も憲兵たちも咳《しわぶ》いていた。

いくらか雰囲気が和《なご》んだところで、訊問が開始された。

十二月十二日未明、華清池《ホアチンチー》で何があったのか。

15

では、訊問を続ける。

陳一豆《チェンイードウ》大佐。貴官が十二月十二日未明、独断で東北軍親衛隊の一部を指揮し、兵変《ビンビェン》を起こしたことはすでに聞いた。しかるに、東北軍移駐に関する暗号電を受信したのが十二月初め、だとするといささか間があいているが、それはどうしたわけか。

躊躇《ちゅうちょ》しておりました。洛陽《ルオヤン》での会談の折、張《チャン》将軍と蔣《ジャン》委員長がお二人きりで話し合われたのは、何か密約のようなものを交わしたのではないかと考えたからであります。

——問い質さなかったのかね。

それは本官の領分を越えております。また、張学良《シュエリャン》将軍のご気性は世評と異なり、すこぶる冷静で、口数も少いのです。中華民国で最も若い将軍でありますから、多弁で情熱家のように思われがちですが、けっしてそのようなご性格ではありません。よって本官も、いったい何が話し合われたやら、聞くに聞けず、察するに察せず、とまどっていたのであります。

しかし、十二月四日の夜更《よふけ》、大きな変化がありました。まず、蔣委員長が洛陽から臨潼《リンタン》を経て、華清池に入られました。同行の直系将領は委員長と別れて西安《シーアン》入りしました。同時に中央軍主力も前進し、潼関《タンクァン》に向かっているとの情報を得ました。

潼関は陝西《シャンシー》、河南《ホーナン》、山西《シャンシー》省の接合する地点であり、古くから西安、洛陽の都を防衛する要衝でありました。これを押さえれば各地からの援軍が可となり、兵站《へいたん》も確保されるからであります。

――待ちたまえ、陳大佐。私はたしかに貴官が剪髪《ジャンファ》である確信を得たが、そうした発言はやはり軍略家でなければなしえないはずだ。張学良がそう判断し、そう言い、叛乱の指揮を執った。ちがうか。

ちがいます。多年にわたって大東北軍の帷幕《いばく》にあれば、習わずともさまざまの知識を得ます。中央軍が潼関に入城すれば、西安が危機に陥るのは軍事常識であります。

——しかし、蔣《ジャン》委員長は華清池《ホアチンチー》へ、直系将領諸官は西安《シーアン》へと向かった。どちらも満足な護衛すらない。戦の構えなどないではないか。

その点は本官にも理解しかねます。ただ、蔣委員長と、同行せる中央諸官をみなごろしにする好機だと思いました。

——怖ろしい。みなごろし、とは。

いえ、審判長。本官は張学良《チャンシュエリャン》将軍の真意が覗けません。よって、委員長以下を殺さずに拘束し、張将軍の判断にお任せするのが上策だとも考えました。だが、それは殺すよりずっと難しい。

いずれにせよ十二月四日夜、西安が騒然としたのはたしかであります。夜半にも空軍機がしきりと飛行場に着陸し、エンジン音が地鳴りのように轟《とどろ》き続けました。

翌五日と六日、東北軍と十七路軍の将領たちがそれぞれ華清池に召集されました。しかし、張学良将軍と楊虎城《ヤンフーチョン》将軍は招かれなかった。

委員長は両将軍の頭越しに、部隊指揮官たちと食事を共にして、剿共戦の継続を迫ったのです。しかも、戦うか、しからずんば中央軍と交代するかと、なかば脅すように督戦したと聞きます。

――頭越しとは言うが、総司令官はあくまで蔣委員長だ。ならば張と楊が剿共戦に消極的である場合、委員長が各指揮官に督戦するのはまちがいではあるまい。

いいかね。張学良と楊虎城はどちらも二つの貌《かお》を持つ。そのひとつは地方軍閥の領袖であり、もうひとつが国府軍の将軍だ。すなわち、そうした特殊な立場の軍人は、いかな蔣委員長といえども、一存で解任することができない。張学良と東北軍、楊虎城と西北軍は一体であるからだ。だから東北軍の将校である貴官は「頭越し」と思うのだろうが、蔣委員長の督戦は正当であり、紳士的でもある。

了解しました。しかし、蔣委員長はそのような督戦が、きわめて危険な行為であるとお考えになられなかったのでしょうか。だとすると、浅慮《せんりょ》も甚しい。あるいは、ご自分に天命ありとでも思っておられるのか。ならば傲岸不遜も甚しい。

――蔣委員長の批判は許されない。

よろしいか、閣下。貴官も軍人ならわかりそうなものだ。東北軍と西北軍で総勢三十万、西安を指向する中央軍が三十万、さらに陝北《シャンペイ》には死にものぐるいの共産軍三万があり、その後方にはソヴィエト連邦がいる。しかも西安《シーアン》城内には全国から運動家が集まって、救国を声高に訴えているのです。このような状況下で指揮官たちを召集し、飯を食いながら軍の分断を図るなど、まったく無思慮かつ不遜な、それこそ火に油を注ぐような行動としか思われません。よって本官は、蔣介石《ジャンジエシイ》の命を頂戴するのもやむなしと考えたのであります。

——張学良《チャンシュエリャン》を守るために、か。

いえ。中国を守るために。

——本音が出たな、陳《チェン》大佐。

さきに蔣委員長は、「私自身が革命だ」と申されました。ならば革命のために死んでいただきたい。中国のために死んでいただきたい。

——刺客の論理か。貴官は始皇帝を誅《ちゅう》さんとした荊軻《ジンコー》の生まれ変わりかもしれぬな。

では改めて訊ねる。ついに殺意を固めながら、貴官が蔣委員長を誅さなかったのはなぜだ。張学良が殺さずに捕えよと、誅さずに諫《かん》するのだと命じたのではないのか。

すべては本官の判断であります。張学良将軍はけっして蔣委員長の死を望んではおられない。しかし究極の手段をもってお諫めするのはやぶさかではないはずだ、と考えました。

――人を拐《かどわか》して命を質に取るなど、馬賊《マァヅェイ》のしわざだ。

お言葉だが、閣下。馬賊のどこが悪い。やみくもに戦をする軍人よりも、よほど上等だ。

――訊問を続けよう。十二月十二日未明の貴官の行動を知りたい。

午前五時三十分、本官は親衛隊を指揮して華清池《ホアチンチー》に到着しました。

背後に険しい驪山《リーシャン》が聳え、正面に渭水《ウェイシュイ》の流れを望む同地は今も温泉が湧き、宿泊施設等も整っていて、通常は中国旅行社が経営にあたっております。しかし、むろん当時は民間人の滞在者はなく、蔣委員長一行の専用となっておりました。

三ヵ所の門の警備はたった一個小隊の憲兵で、ほかには委員長側近の護衛官のみでありました。一方、こちらは二個中隊から選りすぐった百数十名の親衛隊であります。攻撃に際して本官が、「殺さずに捕まえよ」と命令したのは、彼我の戦力に圧倒的な差があるとわかったからでした。

蔣委員長の宿泊所が、驪山の麓《ふもと》の高台に建つ「五間庁《ウーチェンティン》」と呼ばれる館であることは知っていました。本官も以前、張学良将軍のお供をして何度か宿泊したおぼえがあります。長細い一棟が五つの部屋に仕切られているので、五間庁《ウーチエンティン》と称します。

貴賓の旅宿として使われる理由は、高台で眺めがよいことももちろんですが、いざというときの防御に適しているからでしょう。

たしかに攻撃を開始したのちは容易に一帯を制圧しましたが、五間庁の露台からの応射は激しいものでありました。

――待ちたまえ、陳《チェン》大佐。報告によれば、当日は華清池《ホアチンチー》周辺に一個中隊、臨潼《リンタン》周辺に一個大隊の東北軍が警備にあたっていた。それらとの交戦がなかったのはどうしたわけだ。張学良《チャンシュエリャン》からの命令があったのではないかね。

　この攻撃は本官の独断であります。決行前に臨潼の大隊本部、ならびに華清池の中隊本部に立ち寄り、張学良将軍の命令と偽ってこう伝えました。

「何ごとが起ころうと持場を離れぬように。もし華清池に向かわんとする者があれば阻止せよ」

――貴官が張学良名の偽命令を布達した、というのだな。

はい。東北軍が相撃つなど、あってはなりません。

――しかし、それら部隊は蔣《ジャン》委員長の警備という任務を放棄したことになる。

東北軍将兵にとって、張学良将軍の命令は絶対であります。たとえ蔣委員長の御身《おんみ》にかかわる事態を察知したとしても、将軍の命令とあらばけっして動きません。

――総司令官の命よりも副司令官の命令を優先するというのはおかしい。

東北軍の将兵は、誰ひとりとして蔣介石《ジエシイ》を上官だと考えてはおりません。われわれの指揮を執るのは張学良将軍であります。

――貴官はその張学良の名を騙《かた》って軍を動かした。

承知いたしております。よってこのように真実を語り、罰を乞うているのであります。東北軍の軍法会議ならば死刑は確実です。

――続けたまえ、陳大佐。

五間庁を制圧したのは、午前七時ごろであったと思います。しかし委員長の姿は見当たらず、居室には軍服と軍帽が置かれ、寝室には入れ歯が忘れられておりました。周辺をさらに捜索しましたところ、建物の裏手の壁際に靴の片方だけが発見されましたので、その壁を乗り越えて後背の驪山《リーシャン》に逃げこんだと判断しました。

そこで、本官は一切の戦闘を中止させ、驪山一帯の捜索と、負傷者の手当てを命じました。東北軍の死傷者は十七名であり、衛兵側は死亡者だけでも二十名を算《かぞ》えました。楼閣などが建てこむ園内の、至近距離での銃撃戦でありましたから、こうした数もやむをえません。

午前九時ごろに、三発の銃声が聞こえました。かねて申し合わせてあった合図であります。蔣《ジャン》委員長は五間庁《ウーチエンティン》の壁を乗り越える際に負傷し、護衛に支えられながら驪山に遁《のが》れて、中腹の岩穴に隠れているところを発見されたのであります。

――委員長から貴官の名は聞いていない。知らぬ顔でもあるまいに。

当日、親衛隊は彼我の識別を容易にするため、全員が毛皮の防寒帽を冠り、毛襟の付いた東北軍の外套を着ておりました。よって階級はわからず、顔も目ばかりが覗いているだけでした。まして蔣委員長はお命の覚悟をされているのです。どうして刺客の面構えなど見極める余裕がありましょう。

また、本官は名乗りを上げることもなく衛兵所に戻り、西安《シーアン》の張《チャン》公館に電話をかけてかくある状況を報告したのであります。むろんその電話が、兵変《ピンビエン》の第一報でありました。以後、本官は後事を親衛隊に任せて、ただちに西安《シーアン》へと戻りました。張学良《シュエリャン》将軍が詳細を報告するよう命じたからであります。

――なるほど。そして張学良も楊虎城《ヤンフーチョン》も、後戻りができなくなった、と。貴官の思惑通りになった、と言うわけだな。

はい。「内戦停止・一致抗日」は両将軍の意志のみならず国民の総意であります。賽《さい》が投げられたからには、何を迷うことがありましょうや。

しかし、張学良将軍のお考えはあくまで「援蔣」であり、けっして「反蔣」ではありません。全中国軍の指揮は、蔣委員長に執っていただくのであります。よって、委員長を害するつもりはまったくありません。兵を挙げてでも過《あやま》てる委員長をお諫めし、国民党も共産党も軍閥もない中国軍の陣頭に立っていただくのであります。

――蔣委員長は頑として応じなかった。その間われわれは、委員長の生死すらわからなかった。いや、生きているとは思えなかったのだよ。張学良は乱暴者だ。

その罪を負って、張学良将軍は蔣委員長の南京送還に同行なされました。兵諫《ビンジェン》が成ったのであれば、潔《いさぎよ》く罰を受けねばならぬとお考えになったからであります。もし明日の法廷において、救国の英雄に苛酷な宣告がなされるのであれば、蔣《ジャン》委員長の権威は地に堕ちます。亡国の内戦が勃発いたします。

――何ということだ。張学良《チャンシュエリャン》は蔣委員長を人質に取って国策を変え、次にはみずから人質に取られて、その策を実行させる。これは美談などではないぞ。究極の謀略だ。

いえ、閣下。これは兵諫《ビンジェン》であります。

――陳一豆《チェンイードウ》大佐。貴官の忠誠心はよくわかった。すなわち、訊問を続けても意味はない。判決の前に、何か述べるところはあるかね。なるべく簡潔に。

ありがたく存じます。では簡潔に、本官の罪を申し述べます。

――罪、だと？

はい。まず、今から八年前の三十二歳のとき、本官は奉天《フォンティエン》郊外皇姑屯《ホワングドゥエン》において、張作霖《ヅオリン》大元帥の護衛官として任務を果たせませんでした。

その件は国民党とかかわりない。貴官の悔悟にすぎぬ。

――次に、二十三年前の十七歳の折、本官は上海駅頭において宋教仁《ソンジアオレン》閣下の護衛官としての任務を果たせませんでした。

宋教仁の護衛？　よくわからんがそれも本件とはかかわりない。貴官を罪に問う必要はない。

――では、もうひとつ。本官は二十五年前の十五歳のとき、奉天市内において革命指導者張榕《ロン》氏および革命家五名を暗殺しました。足の傷はその折に負ったものであります。

――何だと？　民国元年の奉天事件は、貴官のしわざなのか。

はい。以上、簡潔に申し上げました。判決をいただきたくあります。

――これにて被告人陳一豆に対する訊問を終了する。審判員三名は別室にて協議し、十五分後に本法廷にて判決を申し渡す。一同はそのまま待つように。

16

中国にも「分」という時間の単位があることを僕は知った。

だが、裁判長の言った「十五分」は、おそらく彼らにとってとても短い時間にちがいない。「すぐに」「ただちに」というくらいの。だから人々は「そのまま待つ」のである。

つまり裁判官たちが合議するまでもなく、すでに結論は出ているのだろう。

法廷は静まり返っている。検察官も書記官も仏頂面で、わずかな傍聴人の囁きかわす声もなかった。彼らはみな結論がわかっているのではないか、と僕は疑った。中国人のメンタリティによれば判決は明らかで、ひとりきりの外国人にはまるでわからない、というところなのだろうか。

冬の夕刻である。静けさの中に、人間を嗤《あざわら》うような鵲《かささぎ》の鳴き声が伝ってきた。

陳一豆《チェンイードウ》は嘘をついている。明日の裁判にかけられる張学良《チャンシュエリャン》を護るために。

それはわかるのだが、関係者から事情を聞けばすぐにばれるような嘘を、なぜつくのだろう。

僕は頭の中で、西安《シーアン》事変の知る限りの経緯を思い返してみた。

蒋介石《ジャンジエシイ》が華清池《ホアチンチー》で拘束されたのが十二月十二日の朝。当日は土曜日だった。身柄は自動車で西安に護送され、市内中心部の新城大楼に軟禁された。

事変発生と同時に、西安滞在中の政府高官も逮捕され、市内の西京招待所に拘禁された。こうした手際のよさからも、事変が組織的かつ計画的であったとわかる。

その後ただちに、張学良を筆頭とした各将領連名の要求が、全国に向けて一斉に打電された。南京政府の改組、内戦の停止、政治犯の釈放と愛国運動の解放、救国会議の召集等、八項目の内容はすなわち、親日政権の打破と一致抗日を求めるものだった。

陳一豆の蹶起《けっき》がもたらした結果であるとはとうてい思えない。

蔣介石は張学良の諫言に耳も貸さず、食事すら摂らなかった。中国人のハンガー・ストライキは、たぶん僕らの知らぬ格別の覚悟を表していると思う。

蔣介石夫人の宋美齢《ソンメイリン》をはじめ、上海在住の政府要人は首都南京に続々と集まった。だが、その時点で蔣介石の生存を確信する者はいなかったはずだ。なにしろ「張学良によるクーデター」という情報しかなかったのだから。実際、各国の新聞記者たちは「死亡《デス》」とは断言しないまでも、「絶望《ディスペアー》」という表現で自国に打電した。ニューヨーク・タイムズも朝日新聞も、ル・フィガロも同様だった。

生存が確認されたのは十二月十四日夜、政府から西安に急派された政治顧問のウィリアム・ドナルドによる電報だったらしい。彼はかつて張学良の政治顧問も務めており、ヨーロッパ外遊にも同行するほど信任を得ていたので、この事態の偵察にはもってこいだった。

しかしその後も、戒厳令下の南京にはデマが飛びかった。やっぱり死んでいる。いや、生きている。共産軍が西安に攻めこんだ。中央軍と東北軍が戦闘状態に入った。もっともらしい噂から陳腐なゴシップまで、中には明らかに政治目的をもって意図的に流されていると思われるものもあった。

しかし、中央軍と東北軍が一触即発の状態だったのはたしかである。事変の翌日には中央軍が潼関《タンクァン》を占領し、正面の東北軍、側面の共産軍と睨み合っていた。

中央軍による西安《シーアン》の爆撃も始まった。地方軍閥を脱却できぬ十七路軍の軍紀は劣悪で、ために西安市内の治安は悪化した。そうした中でも、張学良《チャンシュエリャン》の兵諫《ビンジェン》と蔣介石《ジャンジエシイ》の拒否は続いていた。

西安。古代の王朝が都した長安《チャンアン》。僕がかくも憧れたその古都で、いったい何が起こったのか。

十二月十七日、延安《イエンアン》から周恩来《ジョウエンライ》が西安飛行場に到着した。ただちに、東北軍と十七路軍、そして共産軍の三者同盟が確認されただろう。内戦停止。一致抗日。その目的に蔣介石を同意させる、と。

一方、南京政府は混乱していたはずだ。蔣介石の命を最優先しようとする和平派と、蔣を犠牲としてでも国家の方針を貫くという武力討伐派があった。

蔣介石の政治と軍事に対する二面性が、そのまま表れたと言える。浙江《ヂウジアン》財閥「宋《ソン》家」の一員としての彼。そして卓越した軍人であり、多くの「直系将領」を育てて地方軍閥に対抗してきた彼。

共和制国家とは言え、すこぶる東洋的な家族支配という一面において、宋一族とその周辺は「王」の生命を第一と考える。だが、軍人は死を厭《いと》わぬとする直系将領らにとって、彼の命は前者たちよりずっと軽いはずである。ましてや最大軍閥の東北軍は天敵と言える。

宋家の三姉妹。長女は蔣介石の腹心たる孔祥熙《コンシアンシー》の妻であり、次女は孫文《スンウェン》の妻であり、三女の宋美齢《メイリン》は蔣の妻となった。そして二女と三女の間の宋子文《ヅウエン》は、国家の財政と外交を切り回す働き者である。何という強固な閨閥《けいばつ》だろう。

もっとも、兄弟姉妹の先はほとんど親類とみなさないアメリカ人からすれば、こうした一族の存在そのものが奇異に思えるのだが。

その働き者の宋子文が十二月二十日に遅ればせながら西安に飛んだ。たぶん武力討伐派が交渉の機会を阻止していたのだろう。彼は張学良から資産管理を託されるほど信用されていた。格別に仲がよかったわけではあるまい。僕の経験によると、金持ちの倅は金持ちの倅しか友人にしない。そして、ハーバードとコロンビアを出て、ウォール街のバンカー経験もある宋子文は、信用の置ける金庫番だった。

張学良がどれほどの資産家かは知らないが、なにしろかつては中国の四分の一を支配していたのだから、それこそアスター家やモルガン家に匹敵するくらいの大金持ちなのではあるまいか。だから厄介なことには、交渉のテーブルについても、「買収」という中国的正攻法は使えない。

この四者会談は顔合わせの夕食会だったはずだ。西安料理は油っこくて辛いらしい。

「漂泊の貴公子」張学良。三十五歳。

「叩き上げの地方軍閥」楊虎城《ヤンフーチョン》。四十三歳。

「不死身のコミュニスト」周恩来。三十八歳。

「中国のスーパーエリート」宋子文。四十二歳。

想像しただけで喉が渇く。

その翌日、宋子文はいったん南京に戻り、十二月二十二日に妹の宋美齢とともにふたたび西安へと向かった。その晩からは蔣介石《ジャンジエシイ》夫人も混えての五者会談となったわけである。

「宋家の末娘」宋美齢《ソンメイリン》。三十五歳。

いよいよ喉が渇く。

その後の経過については、噂にも伝わっていない。蔣介石は交渉などもってのほかで、頑《かたく》なにハンガー・ストライキを続けていたらしい。なるほど、十二月二十六日に西安《シーアン》から南京へと帰還した蔣介石は、不老長寿の秘薬を得た始皇帝の生けるミイラかと思えるくらい、げっそりと痩《や》せていた。

五人の間で協議が重ねられた結果、宋兄妹が概ね要求を呑んだ。だから蔣介石は、ミイラになっても死なずにすんだのだ。

だが、僕にはわからない。

この兵変《ビンビエン》の勝者であるはずの張学良《チャンシュエリャン》が、どうして蔣介石とともに、ボディガードの副官ひとりを連れて南京にやってきたのか。

わからない。どうしても。

「全体起立《チュアンティーチーリー》！」

ぴったり十五分後に、憲兵の号令がかかった。

三人の将軍が壇上の席についた。そして間髪入れずに、裁判長が言った。

「中華民国国民政府軍事委員会高等軍事法廷は、被告人陳一豆《チェンイードウ》に対し判決を申し渡す。被告人は前へ」

ずっと軍服の背筋を立てて座っていた陳大佐は、磨き上げられた軍靴の拍車を鳴らして被告人席に進んだ。

裁判長は視線をかわそうともせず、唐突に言った。

「判決。被告人陳一豆を死刑に処す。上告は不可とし、刑はすみやかに執行される。なお、被告人は軍籍を剝奪されない」

神よ。

僕は思わず呟いた。人々の吐き出す息がひとつの音になったが、それらは同意でも抗議でもなくて、ただ緊張から解放された感動だった。やはりこの結果を意外だと思ったのは僕ひとりだったのだ。

嘘だとわかっているのに、どうして死刑になる。

もしや、死を希《のぞ》んだ者には死を与えるのが、この国の道徳なのか。いや、昔の中国ならともかく、法治国家である限りそれはありえない。

だとすると、理由はひとつしかない。明日の裁判では、張学良にも死刑が宣告される。世論を敵に回そうが悲惨な内戦が起ころうが、もし蔣介石が共和政体をめざすのではなく、ファシストたらんとするならば、それこそが正しい方法だから。

裁判官たちは無言で退廷し、陳一豆は被告人席に軍服の胸を張って立っていた。閉廷の宣言はなく、憲兵の引き開けた大扉《おおど》から冷気が吹きこんだ。

傍聴人たちも出て行った。まるで沈黙が掟《おきて》であるかのように、誰も口をきこうとはしなかった。

そのときふいに、憲兵たちをおののかせて入廷してきた人影があった。背にした大扉からは夕陽が射し込んで、シルエットにしか見えなかった。僕はシルクハットを額にかざした。

東北軍の外套に毛皮帽。二階の桟敷席で傍聴していた馬占山《マーチャンシャン》将軍だ。僕は立ち上がって腰を屈めた。

「剪髪《ジャンファ》――」

とこや、と渾名《あだな》を呼ばれて、陳一豆《チェンイードウ》が振り返った。

「上出来だったぜ。誰もほめちゃくれめえが、俺様はほめてやる。好《ハオ》、很好《ヘンハオ》！」

馬占山はそう言って拍手をし、陳一豆は誇らしげな敬礼で応えた。僕も拍手をした。意味のわからぬまま、舞台の上の役者に喝采《かっさい》を送る観客のように。

「秀哥《シウコオ》。あとはよろしく」

「おうよ。とっととくたばりやがれ」

それから二人は、同時に片膝をついて別れの仁義を切った。「兄弟の健康を祝す、兵馬を壮揚せよ」と。そして拍車を鳴らして回れ右をし、それぞれの生と死に向かって歩み出した。

鵲《かささぎ》が嗤《わら》う。

冬枯れた街路樹の枝や、毀《こわ》れた煉瓦塀の上から。ときにはペーブメントを跳ね歩きながら、太くてつややかな首を僕に捻じ向けて。

ホテルに戻る中山路の途中で車から降りた。吐き気がこみ上げてどうにもならなくなったからだった。

判決を訊ねられて、「死刑《スーシン》」と答えたとたん、物が言えなくなった。顔色は真青だったはずだ。中山路で勝手に降りた僕は、ステッキを振り回し、英語と中国語をないまぜにして「さっさと帰れ」と怒鳴った。

朋友たちはどう思ったものか、労《いたわ》ろうともせずにさっさと帰ってしまった。そして僕は、この冬の夕昏《ゆうぐれ》どきに脂汗をかきながら、戒厳令の街を歩き始めたのだった。

夕陽は城壁に沈み、静まり返った街路はオレンジ色に昏れなずんでいた。

僕はいったい、どこにいるのだろう。

南京なのか上海租界なのか、それともまだ見ぬ西安《シーアン》なのか、わからなくなった。あるいは、魂だけが随意に肉体を離れて、中国のどこかの街をさまよっているとも思えた。

ていたらくを鵲に嗤われながらしばらく歩き、泥川を渡る橋の上まできてようやく人心地がついた。

僕は大理石の欄干にもたれて息を入れた。おそらく氷点に近いだろう寒さは少しも気にならなくて、むしろ汗の冷えてゆく感覚が快《こころよ》かった。

流れの上下《かみしも》もなく淀んだ水面《みなも》は虹色の油にまみれ、木屑《きくず》やら腐った白菜やら、無念そうに虚空を摑む鶏《とり》の死骸やらがぷかぷかと浮いていた。いっそシルクハットもストールも投げ捨ててしまいたかったが、そうもいくまい。

馬占山《マーチャンシャン》の声が耳に甦った。

上出来だったぜ。

做得很好《ツオダヘンハオ》。Well done! Bravo!

それはいったい、どういう意味なのだろうか。馬占山は東北軍の将領として張学良《チャンシュエリャン》の副官に対し、あるいは馬賊《マアヅェイ》の兄貴分として弟分に対し、奇妙な賛辞を贈った。つまり、陳一豆《チェンイードウ》の打った芝居を、ブラボーと讃《たた》えたのだ。

僕はまず、張学良と陳一豆の奇怪な行動について解明しなければならない。それはただひとりだけ裁判を傍聴することができた僕の、朋友たちに対する義務だと思うから。

張学良はなぜ南京にやって来たのだ。捕われ、裁かれ、殺されると承知しながら。蔣介石《ジャンジエシイ》が説得に応じて改悛してくれたなら、彼は兵諫《ビンジエン》の故事に倣って、みずからを罰しなければならない。それはおそらく彼にとって規定の脚本であり、当初から命を捨てていたのである。

では、陳一豆はなぜ出頭したのか。あれほどわかりやすい嘘を堂々と開陳して、なぜ死を乞うたのか。

僕はステッキの先で足を叩きのめし、シルクハットを脱いで額を欄干に打ちつけた。わからないはずはない。考えろ。

日が昏れて、泥川のほとりの貧しい家々に灯がともった。電気の買えぬ家の窓にはランタンの光が揺れた。いくつかの紅灯は、安い売春宿の目印かもしれなかった。いずれにせよそれら淡いともしびは、謙虚で安らかで、屋根の上に拡がる星々の瞬《またた》きすら脅《おびや》かさなかった。

泥川の果てから、石橋のアーチを潜り、木屑や野菜屑を押し分けて小舟が流れてきた。そして僕の目の下の舟着場に、音もなく止まった。

ひとめで中国製品とわかる、だぶだぶで袖の長い外套を着た男が小舟から降りた。革靴の音と荒い呼吸が僕の耳に近付いてきた。

「やあ、ジム」

男は親しげに僕の肩を叩いた。はて、どこの国の記者だろうか。顔に見覚えはない。

「ずいぶんお悩みのようだな」

北京語は垢抜けている。ずかずかと無遠慮に踏みこんでくる口調は、まちがいなく新聞記者である。

年齢からすると支局長か、それともよほどの古株か。僕は欄干から身を起こして、「どちらのプレスでしょうか」と、ていねいに訊ねた。

「どちらって、ニューヨーク・タイムズ」

男は外套の長い袖を掲げてほほえみ、アメリカ風にお道化《どけ》た。

「ヘラルド・トリビューンですか、それともデイリーニューズ？」

「いや、ニューヨーク・タイムズ」

僕は白い溜息をついた。酔いどれのジョークに付き合っている暇はない。

待てよ。こいつは僕の名前を知っていた。いきなり「やあ、ジム」と呼びかけたではないか。するとやはり、南京か上海の見知らぬ支局員なのかもしれない。

「お名前は」

男は僕の表情を窺うように、いくらか小首をかしげて名乗った。

「バートン。トーマス・エリオット・バートン。人は説謊通《シュオホワントン》などと呼ぶがね。どっこいそれほど嘘つきじゃない。君と同じくらいさ」

僕は夜空を仰ぎ、中山路を行き過ぎる軍用トラックを目で確かめ、もういちど老記者に向き合った。僕にとってこの奇蹟は、イエスの復活よりも、聖母の顕現よりもずっと有難かった。

トリニティ教会の槐《えんじゅ》の木の下に眠る人が、僕の目の前に立っている。でっぷりと肥えた赤ら顔。やや瞼《まぶた》の垂れた、やさしげな青い瞳。禿《は》げ上がった頭によれよれの帽子をちょこんと載せた、伝説の英雄。

トムの大きな掌《て》が僕の肩を抱き寄せた。まるで和解した父と息子のように、僕らは欄干に肘を並べて、たぶん千年も変わっていない泥川のほとりの夜景を眺めた。

「英語は忘れちまった。もともとうまくないがね」

「僕も同じです。まだ忘れてはいませんけど」

「美しい花をありがとう。妻も喜んでいた。君は立派な男だ。よくここまでたどり着いた」

「希望が叶っただけです。運もよかった」

「いや、そうじゃない。君は悩むだけ悩んで歩き続けた。それをほめている」

僕はふと、馬占山《マーチャンシャン》と向き合った陳一豆《チエンイードウ》の、晴れがましい顔を思い出した。そう、誰がほめてくれなくてもいい。この人がほめてくれれば。

「でも、トム。いくら悩んでもわからないんだ。それじゃ仕様がないだろ」

トムは外套のポケットからパイプを取り出してマッチを擦《す》った。甘い香りが流れてきた。「阿片よりずっとうまい」と、トムは笑った。

「いいかね、ジム。ジャーナリズムは自由でなければならない。それは何ものにも束縛されないというだけではなく、考えすぎてもいけないということさ。君は学者だから、結論を求めようとする。もっと自由に考えたまえ。客観を失えば、ジャーナリストはおしまいだ。もっともらしい社説は、マンハッタンの腐れ卵野郎どもが勝手に書けばいい」

パイプの煙を燻《くゆ》らせながら、ふいにトーマス・バートンは忘れかけた母国語で言った。

「正義《ジャスティス》と良識《コモンセンス》、それさえあれば何もいらない」

僕は心打たれた。その言葉はトリニティ教会の墓碑に刻まれていた、英雄の信条だった。

差し出された掌を、握り返す勇気がなかった。奇蹟に怖気づいたわけではなく、彼の言う正義と良識が、自分にあるだろうかと考えたからだった。

「君はそれらを持っているかね」

「たぶん」と、僕は答えた。

「オーケー。ならば君のお悩みを解決してやろう。張学良《チャンシュエリャン》は日本のクーデターに触発され、その失敗の原因について考え、かつ謎の部分を彼なりに埋め合わせて、必ず目的の達成される計画を練った。中国が日本に征服されず、欧米資本主義にもソヴィエトにも呑みこまれない唯一の方法さ。中華の国土と国民を守るために死んでいった多くの先人たちばかりか、銃殺された日本軍の将校たちからも学んだのだ。彼は天子ではないが、きっと天の申し子だよ」

トーマス・バートンは呆然とする僕の肩をひとつ叩き、革靴の踵を石橋に響かせて立ち去った。

そして枯柳の枝をカーテンのように分けて階段を下り、船頭もいない小舟に軽々と乗り込んだ。

たぶん彼は、英雄と呼ばれること、伝説とされることが不本意なのだろう。それは彼の信条とまるで無関係だから。

舟はふたたび音もなく岸を離れ、僕の足元の暗渠《あんきょ》に吸いこまれて行った。あとには謙虚で安らかな、古都の灯があるばかりだった。

考えすぎてはならない。何ものにも束縛されず、自由に。そうすればきっと、真実が見える。

ふいに一発の銃声が夜空を渡った。人の命を奪うにしてはあまりにあっけなく、石でも投げたように弧を描いて。

そのとたん、僕は悟った。

張学良《チャンシュエリャン》がみずから投げ出した命でも、陳一豆《チエンイードウ》は護らねばならなかった。

たとえわかりきった芝居であろうと、張学良に対する東北軍の忠誠を示せばよい。三人の裁判官はいずれも国府軍の重鎮であるのだから、彼らにはありえないその古めかしい忠誠心を怖れるはずである。

つまり、張学良の軍事裁判を明日に控えて陳一豆は、やれるものならやってみろとばかりに、東北軍の団結と忠誠心を誇示した。

陳一豆の名は残るまい。だが、歴史的美談は完成する。

蔣介石《ジャンジエシイ》は兵諫《ビンジエン》を受容して国策を変え、張学良はみずから罰を乞う。しかし信義に誓って蔣介石はその命を奪わない。

そうした美しい筋書きが読めていたからこそ、傍聴人たちは何ひとつ意外には思わなかった。做《ツオ》得《ダ》很《ヘン》好《ハオ》。陳一豆は誰の目にも「上出来」だったのだ。

僕は勝者と敗者しかいない西洋的闘争の、いかに野蛮であるかを知った。

クラクションが背中を叩いた。ホテルの車が帰りの遅い僕を迎えに来てくれたらしい。よほど心配したのか、助手席とステップにギャングが乗っていた。

裁判の経緯と僕なりの感想を、朋友たちに伝えなければ。そしてもうひとつ、張学良の裁判が終わったならば、親にかわって僕を育て、異国に渡ってからも厚遇してくれる慈善団体に、お礼の手紙を書かなければならない。

僕は立ち去りがたい泥川の夜景から離れ、鯨のようなリムジンに向かって手を挙げた。

第五章　薔薇窓の密会

17

1936年四月九日
陝西《シャンシー》省延安《イエンアン》郊外　膚施《フーシー》天主堂

峠から眺める風景は、パリ遊学時代に訪れたアルザスの山村を思い出させた。

黄土高原の春はいまだし、雪を頂いた嶺々《みねみね》から吹き下ろす風は冷たかった。

村はすでに岩山の影に覆われているが、石造りの教会の尖塔《せんとう》や鐘楼《しょうろう》は翳《かげ》りそこねて、いかにも一行を歓待するように照り輝いていた。

幸福な夕景色を堪能している暇はない。周恩来《ジョウエンライ》は馬の腹を蹴って道を急いだ。小さな蒙古馬は頑健で、心臓が止まる寸前までへこたれずに歩く。

しばらく下ると岩壁に谺《こだま》をとよもして鐘が鳴り始めた。時を告げているのか、それとも一行の姿を認めて祝福しているのかはわからなかった。

谷間に渡る鐘の音はあまりに神々しくて、人間の手や意思によるとは思えないが、周恩来は神を信じてはいない。これまで命をつないできたものは信ずる心ではなく、疑ってかかる用心深さだった。

羊たちが帰ってゆく。だが古めかしい天主堂の尖塔は、いつまでも金色に輝いていた。

「この身なりでは無礼に当たるかね」

李克農《リイクウノン》が馬上で振り返った。

「いえ、周同志。ここは戦場です」

東北軍の第六十七軍は圧倒的な勢力で延安に肉迫していたが、士気に乏しく、兵站線は共産ゲリラに寸断されて、包囲しているつもりが外郭からさらに包囲されているという苦境にあった。だが、共産軍にも第六十七軍を殲滅するだけの力はなかった。

そこで、この無益な戦線膠着を打開するため、李克農が洛川《ルオチュアン》の六十七軍司令部に派遣され、軍長の王以哲《ワンイーチョー》将軍と密談をかわした。その接触が、この平和な谷間の村の会談へとつながったのである。

山ぶところの閑《のど》かな農村は戦争から置き去りにされてはいるが、それは神の福音ではないにしろ幸運であることにちがいなく、李克農の言う通りここはなりふりかまわぬ戦場なのだった。

「せめて髭ぐらいは剃って行くか」

「いえ。事情はわかっているでしょう。お気になさらず」

用心深さと猜疑心で生き延びてきた自分が、どうしてあの男にだけは無警戒なのか、周恩来にはわからない。

花花公子《ホワホワゴンツ》。不抵抗将軍《プーディカンジアンジュン》。阿片中毒者。そうした噂だけでも、接近するだけの価値はないはずだった。しかも上海クーデターで共産主義者を虐殺したギャングが後ろ楯なのだから、けっして近寄ってはならない人物だった。

だが周恩来《ジョウエンライ》は、まるで吸い寄せられるように接近した。のみならず、上海の邸《やしき》を訪ねて紹興酒を酌みかわし、天下国家について語り合った。そして語らいながらはっきりと悟ったのだ。蔣《ジャン》介石《ジエシイ》にも毛沢東《マオヅォトン》にも、代わる人物はいるだろうが、張学良《チャンシュエリャン》はひとりしかいない、と。

村の入口で駒をとどめた。天主堂は近い。

「王老爺《ワンラオイエ》。あなたがたはこの民家にとどまればいい。あえて危い目に遭《あ》う必要はありません」

同行する老人は王逸《イー》と称し、毛沢東の幼い時分からの師傅《しふ》である。先朝の進士であり、軍人に転じて李鴻章《リイホンチャン》の幕下にあったという彼は、紅軍の欠くべからざる軍師だった。

「いや。私は毛沢東の代理人だ。同席せぬわけにはいかない。齢《よわい》七十を過ぎて、危い目に遭うも何もないものだろう。それよりも、若い人は命を大切にしなければならない」

王逸と並んで馬上にある青年は、李文瑞《ウェンルイ》という北京大学の活動家である。

「いえ、私もぜひ」

王老爺が溜息をついた。何でも北京の旧知を訪ねた折に、共産主義に共鳴する倅が延安《イエンアン》までついてきてしまったという。頭脳明晰で勉強熱心だが、どうにも向こう見ずのところがあって、この極秘会談にも王老爺に同行すると言って譲らなかった。

「仕方がないですな」

李克農《クウノン》が言った。口にこそ出さぬが、この会談の安全が保証されていないことは、準備をした彼自身がよく知っている。だから毛沢東の同席を強くとどめた。つまり周恩来と李克農に加えて、毛沢東の代理人としての王逸、さらに老人の付添人としての李文瑞。この四人だけならば、たとえ皆殺しになっても、中国共産党が滅びるわけではない、と考えた。

天主堂はいつの時代のものかわからぬほど古びていた。

少くとも列強が国土を瓜分してからの建築ではあるまい。だとするとカトリックが禁教とされていなかった清朝の初期、あるいは明代の遺物かもしれなかった。

石は近くの岩山から切り出したのであろうか、黄色い土や乾いた風によくなじんでいた。教会の立派さに比べて、ぐるりを囲む煉瓦塀の造作は不器用で、農民たちからの献納と思われた。

建物は煤《すす》にまみれて黝《くろず》んでいるが、弾痕は見当らなかった。正面の薔薇《ばら》窓も損なわれてはいなかった。これほど格好の場所を選ぶ余裕などあるまいと思えば、見えざる手がそっと、この山峡の村に置いていてくれた贈り物のようにも思えた。

「翔宇《シャンユー》！」

馬から降りたとたん字《あざな》を呼ばれた。振り向けばたそがれのファサードに、陳一豆《チエンイードウ》が立っていた。張学良の上海の邸を訪ねた折に、意気投合した護衛官である。

「お待たせしてしまったか」

周恩来は恐縮して詫びた。

「いや。いくらか先に着いた。飛行機が馬より速いだけだ」

天主堂の中はほの暗く、薔薇窓が落とす七色の光が、水蓮《すいれん》の花のようにぼんやりと、あちらこちらに浮かんでいた。

祭壇の下に大きな卓が据えられ、燭台の灯が張学良の横顔を照らしていた。不機嫌なわけではない。貴人には喜んで人を遇する習慣がないだけだった。

　張学良《チャンシュエリャン》と王以哲《ワンイーチョー》軍長の二人が並んで座り、射界の開いた斜めうしろに陳一豆《チェンイードウ》が立った。

　周恩来《ジョウエンライ》と王逸《イー》が向かいに座った。昏《く》れゆく薔薇窓を背にした信者の席に、張学良らをここまで案内してきた共産軍の連絡員と、李克農《リイクウノン》と李文瑞《ウェンルイ》が腰を下ろした。信義に則《のっと》って、たがいに身体検査はしていない。

　村人が震えながら茶を出しおえるまで、人々は会話どころか、挨拶さえかわさなかった。

「毛沢東《マオヅォトン》はどうした？」

　茶を啜ってから、張学良が静かに訊ねた。当然の質問である。答えは用意してあった。

「蔣介石《ジャンジエシイ》はどちらに？」

　最初の問答はそれで終わった。周恩来は王逸を紹介した。

「彼は毛沢東同志の幼いころから、家庭教師を務めておりました。父子同然の間柄ですので、代理人としてご承認下さい」

　余分な経歴を述べる必要はない。学識と経験は何を言わずとも、その風格から知れる。また、張学良はいかなる権威にも諂《へつら》う男ではない。

「好《ハオ》。認めよう」

　王老爺《ラオイエ》が古風な拱手《きょうしゅ》をして「感謝いたします、将軍」と言い、信者の席を顧《かえり》みた。

「不躾《ぶしつ》けながら、そこに控えおりますす若者の父親は、かつて将軍の部下であったと聞き及んでおります」

李文瑞が目礼した。発言は許されない。

「部下とは誰かね」

「東北軍の李春雷《チュンレイ》将軍でございます。私も面識があります」

その一瞬、張学良の白面がこわばったように見えた。

「ほう。雷哥《レイコオ》の倅か。なるほど面《おも》ざしがよく似ている。父上は達者かね」

李文瑞は身を固くしたまま、「はい」とだけ答えた。

李春雷という軍人の名は知っている。東北軍にその人ありと謳われた名将である。陪席する王以哲将軍の驚きようからすると、かつての上官だったのかもしれない。

もしや張学良と李春雷との間には、何か内部の角逐《かくちく》でもあったのだろうか、と周恩来は疑った。それくらい張学良が、懐しむでもなく不穏な顔をしたように思えたのである。

「あなたと李春雷は、どういうお知り合いかね」

張学良が王逸の馬褂《マーコワ》の胸を指さして訊ねた。

「いえ、知り合いというほどの仲ではございません。私の友人の将棋仲間で、一度だけ食卓を共にいたしました」

「一度だけ食事をした人にわが子を託《たく》すほど、李春雷は軽率な人間ではないはずだ」

王逸の困惑を見かねて、李文瑞が椅子から立ち上がった。

「私が勝手をしたのです。親も婚約者も捨てて、共産党に身を投じました」

張学良は苦笑した。

「あいにくだが文瑞《ウェンルイ》君。私は共産主義が大嫌いだ。なぜだかわかるかね。これほど簡明な理由はない。私は軍人であると同時に資本家なのだ。私が戦場を駆け巡っている間にも、私の工場はさまざまの製品を産み出し、私の鉱山は多くの資源を掘り出し、私の銀行は膨大な利息を稼いでいる。そうした私自身を否定するような思想に、どうして共鳴できよう」

ただでさえ冷えびえとした聖堂の空気はたちまち凍えついた。たとえば今にも陳一豆《チェンイードウ》が拳銃を抜いて使者たちを皆殺しにしたところで、少しもおかしくはなかった。

「だが、翔宇《シャンユー》――」

張学良《チャンシュエリャン》がかじかんだ掌《て》を湯呑で温《ぬく》めながら言った。

「私はそれを言うために、みずから操縦桿《かん》を握って西安《シーアン》から飛んできたわけではない。上海での話の続きを始めよう」

モリエール・アヴェニューの邸宅で、温かな雨を見ながら、祖国の未来について語り合った。主義主張を超えてただちに内戦を停止し、外敵に立ち向かうことを。

「始めましょう、将軍。ただし、私は毛沢東《マオヅォトン》同志から中国共産党の全権を委《ゆだ》ねられてこの場に臨んでいるが、将軍のお立場は必ずしもそうとは言えない。蔣介石《ジャンジエシィ》委員長を説得できなければ、あなた自身の災いとなる。そのことはご承知ですか」

張学良はひとつ、たしかに肯《うなず》いた。

「承知している。説得できなければ、兵を挙げてでも諫める。いずれにせよ私の命はない」

周恩来《ジョウエンライ》は目をとじて盟《ちか》った。

「私もここが命の捨てどころです。先人たちがなしえなかった救国を、今こそ」

そうして、膚施《フーシー》天主堂における会談は始まった。

陳一豆はそれから二時間あまり、国家の命運をかけた話し合いを、侍立《じりつ》したまま見守った。おおよそは張学良と周恩来が発言し、ときに王以哲《ワンイーチョー》と王逸《イー》が議論に加わった。ほかの陪席者は一切口を挟まなかった。

手探りで始まった会談は、次第に疑心を解いて近寄った。たがいを寛《ゆる》し合っているわけではないが、国難を除こうという強い意志は、まるで卓上に置かれた燭台の灯のようにありありと揺るぎなく見て取ることができた。

陳一豆は歯を食いしばって、涙を流し続けていた。自分に天下国家を語る知恵はないが、小さな器が体験してきた四十年の人生が、たった二時間のうちにくまなく、まるでもういっぺん生き直したかのように思い返されたのだった。

北京の前門外《チエンメンワイ》の路上で、袁世凱《ユアンシイカイ》の兵隊たちに拐《さら》われた。兄はいるかと問われて、二人いると答えたとたん、ひとたまりもなく腕を摑まれて、驢馬《ろば》の牽《ひ》く檻に放り込まれた。止めようとして殴りつけられた親方は、陳一豆に道具袋を押しつけて泣く泣く言った。「袁世凱の髪を刈ってやれ」と。剪髪《とこや》ならば前線には送られまい、と気遣ってくれたのだった。

モンゴルの草原で見た張作霖《ツオリン》の雄姿は、今も瞼に焼きついている。白虎張《パイフーチャン》の乾児子《カンアルツ》になれるのなら、いつ死んでもいいとさえ思った。

だが、陳一豆《チェンイードウ》は死ななかった。ともに戦った仲間がみな死んでしまっても、こうして生きている。

陳一豆は薔薇窓を見上げた。山峡の南天に昇った月が、赤や青の淡い光を投げ入れていた。みんなが死んで自分ひとりが生きている。それはきっと、自分にはなすべきことがあるからだ、と陳一豆は思った。

考えるまでもなく使命を悟った。漢卿《ハンチン》をけっして死なせはしない。その命を護り続けるほかに、自分の役目はない。ほかにできることは何もない。

もし兵を挙げて蔣《ジャン》委員長をお諫めしたならば、漢卿の命は万にひとつも救われまい。たとえ殺されなくとも、漢卿はみずから責めを負って命を断つにちがいなかった。

それをさせぬためには、どうすればいいのだろうか。

会議は終わった。内戦の即時停止と、一致抗日の目的を達成するために、十項目にわたる密約がかわされた。

その結論がすなわち救国の条件であることは、陳一豆にもわかっている。だが、結果がどうであろうと、漢卿は死ぬ。白虎張《パイフーチャン》を護れず、宋教仁《ソンジアオレン》も護れなかった腰抜けの用心棒が、張学良《チャンシュエリャン》の命もまた護れない。

そのとき、薔薇窓から射し入る月かげが語りかけてくれたのだ。

漢卿が兵諫《ビンジェン》をなすのならば、おのれが漢卿に対して、ひとりきりの小さな兵諫をなせばよい、と。

方法はわからない。諌めて応ずる漢卿ではない。だが、父親譲りの冷酷さはあっても、意気に感ずる俠気の持ち主であることは知っていた。

自分がかわって罪を背負えるはずはない。だが罪を背負う気概を見せれば、きっと漢卿はその意気に感じて、死を思いとどまるにちがいない。もしその胸のうちに、兄弟の命をおのれの命よりも尊び、義のための戦を信ずる黒山馬賊《ヘイシャンマァツェイ》の血が流れているのなら、漢卿は必ず百年を生きてくれる。

この命を使い果たせばいい。最後の最後には拳銃ではなく、この口で物を言ってもよかろうと陳一豆は思った。

「陳大佐。あなたは名人だ」

髭を剃りおえたあと、周恩来《ジョウエンライ》は茹卵《うでたまご》のような顔を撫で回しながら言った。

耳を被っていた蓬髪《ほうはつ》もさっぱりと刈られ、ポマードで整えられていた。鏡もなく、燭台の炎だけを頼りにして、前門外《チエンメンワイ》の街頭で店開きしていた平和な時代を語りながら、陳一豆は「剪髪《ジャンファ》」の腕前を披露してくれたのだった。

一行はそれぞれ、近在の民家へと引き揚げた。教会には軍服を着た床屋と、首に敷布を巻いた革命家と、白い祭服の胸に盥《たらい》を捧げ持つ少年がいるきりだった。

周恩来は「剪髪」という彼の呼び名を、怖ろしい渾名だとばかり思っていた。目ざわりな敵をさっさと刈り取ってしまう、殺し屋をそう呼ぶのだと。だが、もともと北京の散髪屋だったとは思いもしなかった。

陳一豆《チェンイードウ》は少年から盥を受け取り、卓上で道具の手入れを始めた。

「拳銃と同じだ。使えば必ず手入れをする」

「張作霖《チャンヅオリン》の髪も刈ったのか」

「もちろんさ。張作霖、張学良《シュエリャン》、馬占山《マーチャンシャン》、張景恵《チンホイ》。そうだ、天津《ティエンジン》にいたころは皇帝陛下の髪も刈らせていただいた。そして、周恩来《ジョウエンライ》。勲章がひとつ増えた」

剃刀も鋏も櫛《くし》も、ひとつずつていねいに布でくるまれ、本来は地図を入れるべき図嚢《ずのう》に収められた。

「肌身離さずか」

「いや。俺は地図が読めない」

周恩来は立ち上がって外套に袖を通した。祭服の少年が床に散った髪を掃き集めた。

いつの時代に描かれたものか、祭壇画は聖者の姿をわずかに残して煤《すす》けていた。

「翔宇《シャンユー》。あの晩のことを覚えているか」

莨《タバコ》を勧めながら剪髪《ジャンファ》が言った。二人は燭台の炎を分かち合った。

「覚えているとも。若い時分に見聞きしたことは忘れないものだ」

「雨が降っていた」

寡黙な唇から洩れた一言が、あの夜のすべてを思い出させた。

周恩来は雨の上海駅頭で、宋教仁《ソンジアオレン》の演説を聞いた。四書五経を捨てて新しい学問を修めるために、故郷から天津へと向かう途中だった。一九一三年三月二十日。中国が目に見える未来を喪《うしな》った夜。十五歳の周恩来はその一部始終を見届けた。

「握手をしたかった。体に触れるだけでもよかった。それが叶《かな》わぬのなら、せめて近くに寄って、謦咳《けいがい》に接するだけでも」

人々の多くが理解できなかった民主主義を、宋教仁は簡潔に説いた。孫文《スンウェン》の賢人支配を否定し、袁世凱《ユァンシイカイ》の立憲君主制も誤《あやま》りだと断言した。愚民などただのひとりもいない中国に、どうしてそのような方法が必要なのか、と。上海駅頭を埋めたすべての人々が理解したはずだ。それまで概念でしかなかった民主主義が、自分たちのめざすものだと知った。周恩来は走った。群衆をかき分け、ホールに躍《おど》りこみ、二階のバルコニーから降りてくる宋教仁を待った。

「演説に聞き惚れて、ぼうっとしちまった。自分の務めを忘れていた」

陳一豆が無念そうに呟いた。

それから何があった。宋教仁がもみくちゃにされながら階段を下りてきた。カメラのフラッシュが炸裂した。歓呼の声が渦巻いていた。そして突然、銃声が轟いた。

何があった。何が起こった。

宋教仁の体に被いかぶさったのは、白人の新聞記者だった。武器を持たぬ男は何ごとか叫びながら、宋教仁を抱きかかえて楯になった。刺客はその背中に、ありったけの銃弾を撃ちこんだ。

「俺は宋教仁を護れなかった。拳銃を持っていたのに。使い途のない、腐れ卵野郎さ」

思い出した。逃走しようとする刺客の背を、平服の護衛官が狙い撃った。それから「這《チャー》個《ガ》混《フン》蛋《ダン》！」と叫んでとどめを刺した。

まちがいない。あの若い護衛官が陳一豆《チェンイードウ》だった。

「翔宇《シャンユー》。あなたが命を捨てても、俺は漢卿《ハンチン》を死なせるわけにはいかない」

その気概は立派だが、生易しいことではないと周恩来《ジョウエンライ》は思った。

軍帽を冠ろうとして、陳一豆は毬栗《いがぐり》頭に手を当てた。

「世界でひとつだけ、俺の手に負えない頭がある。自分の髪だけはうまく刈れないのさ」

それから好漢は、いかにも東北軍の将校らしい精悍《せいかん》な敬礼をし、拍車を鳴らして天主堂を去った。「剪髪《ジャンファ》」と呼び止めても振り返ろうとはしなかった。

18

1936年十二月三日早朝
河南省　洛陽《ルオヤン》

蔣介石《ジャンジエシイ》が行営としたその四合院《スーホーユアン》は、小ぢんまりとしているが清潔で、私が幼少期を過ごした奉天《フォンティエン》郊外新民府の邸とどこか似ていた。

もとは裕福な山西《シャンシー》商人の別宅か何かであったのだろうか、正面の正房には金色《こんじき》の神像が祀られており、東西の廂房《しょうぼう》は慎ましくも艶《あで》やかだった。

古都はいまだ薄墨色だというのに、軍人の時間割をけっしておろそかにしない蔣介石は、隆々たる上半身を晒した褲子《クウツ》一枚の半裸で、四角い中庭を四角く使った体操を始めていた。

「一《イー》、二《アル》、三《サン》、四《スー》」

その掛け声はきっと私の来訪を知っているからで、ふだんは「いち、にィ、さん、しィ」と言っているのではないかと疑われた。

日本軍仕込みの彼の規矩たる生活ぶりは尊敬に価する。自分にはとうてい真似ができないとも思う。だが時として、彼は自身を律しているのではなく、そうした禁欲ぶりを他者に披露しているのだとわかる。だから私は尊敬しないし、真似をしようとも思わない。

たとえば今もこうして、私の不意の来訪を知っているくせに、知らんぷりをして体操を続けているのである。この意地の悪さ、芝居くささが私には耐え難い。もともとは大器であるはずなのに、五年間にわたる日本への留学が、精密だが小さな器に彼を押しこめてしまった。

私は冬枯れた槐《えんじゅ》の古木の下に腰掛けて、自己鍛練ではなく自己表現にちがいない体操を見物した。

もしかしたら、これは彼の時間割にはないのかもしれない、と思った。私が西安《シーアン》から飛来したという連絡を受けて、わざわざこんな待ち受け方を思いついたのではないか、と。

「おや、漢公《ハンコン》。何かありましたか」

体操を一通りおえて衣服を斉《ととの》えながら、いかにも今し気付いたように、なおかつ少しも動じぬというふうを装って蔣介石は言った。

そのとき悟ったのだ。善悪だの大小だのという基準でこの男を測ろうとしてはならない。器の形や大きさではなく、蔣介石《ジャンジエシイ》はわかりやすい人間なのだ、と。

私が西安《シーアン》から洛陽《ルオヤン》へと、文字通り飛んできたのは、彼の目的が督戦ではなく、東北軍の分解だと知ったからだった。

命令が出てからでは遅い。拒否すれば抗命罪で私が裁かれる。だからその情報を入手したとたん、私は彼に抗議しなければならなかった。

東北軍全軍を撤収。中央軍と交替。十七路軍、中共軍と引き離すこと。移駐先は安徽《アンホイ》、江《ジャン》蘇《スー》、福建《フーチエン》――洛陽に潜入させていた密偵が、蔣介石の幕僚の机上に置かれたメモを発見し、西安に通報してきた。

それから私と彼は中庭で対峙したまま、房に入ろうともせず、離れた陶《すえ》に腰を下ろして激論をかわした。

剿共《そうきょう》か抗日か。その話題は、もはや二人の間では男女の痴話喧嘩のような日常だったが、東北軍の存続にかかわるのであれば、一時しのぎの和解や妥協はできなかった。

「漢公《ハンコン》。この議論にはもうあきあきだ。朝飯でもどうかね」

私たちはようやく、暖かな正房に入った。そこにはすでに命じてあったのか、二人分の食卓が設《しつら》えられ、椅子に腰掛けるとただちに、熱い卵のスープと蒸《ふ》かしたての饅頭《マントウ》が運ばれてきた。

「さて、まずは腹ごしらえだ」

わかりやすい男はそう言って両手を拡げ、満面の笑みをうかべた。

牛肉と香草の饂飩。青菜炒め。鶏と干蛯《ほしえび》の粥《かゆ》。揚げ立ての油条《ヨウチァオ》。料理が出揃ったところで、たがいの部下と給仕を遠ざけた。よほど不穏に感じたのだろうか、私の副官がそれぞれの武器を預らせてほしいと言った。

蔣介石は憮然として答えた。

「不要《プーヤオ》。私が漢公の命を奪うことは永遠にないし、また漢公が私を害することも永遠にない」

人々は出て行った。そして、本題の議論がいきなり始まった。

「教えてくれ、漢卿《ハンチン》。龍玉《ロンユイ》はどこにある」

「教えられない。どれほどの拷問を受けようと、この体を切り刻まれようと私は言わない」

「君はわかっているだろう。安内攘外だの一致抗日だの、そんなことはどうでもいいのだ。私は龍玉を抱くにふさわしい人間だ。なぜわかってくれない」

「介石。残念ながら、私にはそうとは思えない」

「ならば訊ねよう。私のほかに誰がいるというのだ」

「見当たらない。だから悩んでいる。しかし介石、百万の軍隊を統率しうる指揮官は君しかいない。その君が分不相応の龍玉を抱いて知れ切った往生《おうじょう》をとげれば、世界地図から中国が消えてなくなる。四億の中国人が流浪する。だから私は、君に龍玉を托すことはできない」

「どうして君に、そんなにも重大な判断ができるのだ」

「それは簡単だ、介石。私は龍玉を持っているから。そして私自身の体は砕けないから」

「自分自身が龍玉《ロンユイ》を抱くべき人間だとは思わないのか」

「思わない。それは私の父が、身をもって確かめてくれた。長城を越えた父は、天下を窺って敗れ、粉々になって死んだ。すなわち、龍玉を抱くべき人間ではなく、龍玉の伝達者でしかなかったということになる。そして、私が父以上の人間であるはずはない。私が父から相続したものは、軍隊や財産ばかりではなく、龍玉の伝達者という使命だ」

「野望はないのか、漢卿《ハンチン》」

「ない。持つべき人物の手に龍玉を托すことが、私の野望だ」

「ならば、せめて約束してほしい。共産主義者にだけは渡さぬと」

「誰の手に托するかは、私の決めることではない。天命だ」

「漢卿。君はこの四月に、延安《イエンアン》で共産主義者と密会したな。毛沢東《マオヅォトン》の品定めをしたのではないのか」

「よくご存じだな、介石《ジエシイ》。たしかにその通りだが、毛沢東は現れなかった。会えなかったということはおそらく、彼にも天命がないのだろう。だが、私が延安に行った目的はそればかりではない。内戦を停止し、蔣《ジャン》介石を総司令官に戴く統一中国軍を編成する。承諾してほしい」

「議論は尽くしたはずだ。私は揺るがない。いいか、漢卿。英米は日本を放置しない。近い将来、必ず戦端が開かれる。そして、外交能力を欠く日本は、和平の機を捉まえられずに敗れる。だからわれわれが今、英米に先んじて日本に宣戦するのは愚策だ。日本が英米を相手にして敗れたとき、中国は統一を成しえていなければならない。そうでなければ、中国も日本も世界地図から消えてなくなる。東アジアがついに、白人世界に呑みこまれる。私の安内攘外策が真に言わんとするところはそれだ」

「介石。君は日本が好きか」

「嫌いではない。さまざまの知識を授けてくれた日本を、どうして憎めよう」

「残念ながら、私は日本が好きではない」

「当然だ。だが、私怨は去ってほしい」

「親を殺され、国を奪われても、か」

「日本には日本の事情がある。二月のクーデターでわかったはずだ。日本は病み苦しんでいる」

「そうだ。二月のクーデターが私を目覚めさせてくれた。このままではいけないのだ、と」

「漢卿。君が何と言おうと、私は私の信念を曲げない。安内攘外策は正しく、私は龍玉を持つにふさわしい」

「蔣介石。君はわかりやすい男だ」

「それは賛辞かね。それとも非難かね」

「どちらでもない。実にわかりやすい男だ。そういう人物に対しては、わかりやすい方法で接しなければならない」

「意味がわからないよ、漢卿」

「せっかくの朝食がさめてしまう。いただくとしよう」

19

１９３７年一月五日
上海

親　展　Personal and Confidential

尊敬するウォルドルフ・アスター子爵閣下

多年にわたりご支援をたまわりながら、感謝を述べる機会もなく、こうして初めて書面にてご挨拶する非礼をお許し下さい。

閣下にとってはおそらく、神にかわって恵みを垂れ給う幾千幾万の戦争遺児のひとりに過ぎないでしょう。しかし私にとってのあなたは、唯一の神であり光明でした。

私はあなたの福音により教育を施され学問を修め、今はジャーナリストとして中国に派遣されています。そして引き続きあなたの福音を授かって、さまざまの情報を知りえました。それらを私なりに整理し分析して、何はさておきあなたにお知らせしなければならないと、ペンを執《と》った次第です。

上海のアスターハウス・ホテル、３１１号室。この部屋はかつて国民党と共産党の蜜月時代に、周恩来《ジョウエンライ》が使用していたそうです。窓の外には雄大な黄浦江《ホワンプージァン》が流れ、軍艦や客船や大小の貨物船や、黒い帆を上げた密輸船のジャンクまでが、せわしなく行きかっています。正しくは川が流れているとは見えず、潮の満ち引きによって膨れ上がったり、すぼんだり。この大河が揚子江の支流だというのですから驚きます。

蘇州河《スーチョウホー》の向こう岸には国家の動乱など知らぬげに、上海バンドの華やかな夜景が拡がっています。何が起ころうと租界は安全だと、誰もが信じているように思えます。

蔣介石《ジャンジエシイ》が共産党員を皆殺しの目に遭わせた、一九二七年の上海クーデター。日本軍が突如として攻めこんできた、一九三二年の一・二八事変。それらの悲劇はたった十年前、五年前だというのに、上海租界でダンスパーティーに興ずる人々は、まるで一夜の悪い夢か遥かな昔話のように考えています。

銀行もホテルも、証券会社もデパートメント・ストアも、西安《シーアン》における兵変《クーデター》など他国の出来事のように、いつに変わらず営業をしています。首都南京から上海へと戻ってまず意外であったのは、このお気楽な租界の空気でした。

どうやら享楽は、現実を見失わせる絶大な効果があるようです。阿片のように。

今このときが楽しければ、見えているものも見えず、聞こえている音も聞こえない。たとえ目の前に破滅が待ち伏せているとしても、知ったことではない。

それでも阿片ならば、煙管《キセル》をくわえて横たわっている者だけがそうした状態なのですが、租界全体となればわけがちがいます。繁栄と享楽は怖ろしい。おそらく上海に限らず、中国全土の二十数ヵ所にのぼる租界に住んでいる外国人はすべて、同じ空気を吸っているのではないでしょうか。

昨年の十二月三十一日――とは言ってもわずか五日前の話ですが、南京において張学良《チャンシュエリャン》将軍の軍事裁判が行われました。

傍聴人は政府関係者数名で、外国人は私ひとりきりでした。開廷は午前十時。所要時間はたった一時間半でした。

門前で待ち受けていた世界各国の新聞記者たちが、みな揃って「茶番劇《ア・ファルス》」と書きたてたのも無理はありません。

しかもわずかなやりとりのあと、裁判長の血圧が上がったという理由で十分間の休憩。ふたたび開廷されてからは被告人の陳述に終始し、その場で判決が申し渡されたのです。

懲役十年。および公民権剝奪五年。

つまり判決書は、事前に用意されていました。ただ、形式的に裁判らしきものを執り行い、被告人に陳述の機会を与えただけ。

しかも新しい年を迎えたきのう一月四日、国民政府中央政治会議は、張学良の特赦を決定し、さきの判決を否定したわけではないが「赦免《パードン》」としたのです。ただしその身柄は「軍事委員会の管理下に置かれる」という条件が付いていますから、事実上は「懲役」を免れて「監禁」されると思えます。

裁判を傍聴した私は、まさか茶番劇とまでは言いませんが、法治国家の一国民として納得できないのはたしかです。そこにはおそらく、法制度に優先する東洋的な信義があり、また「怨《うら》みに報《むく》ゆるに徳を以《もっ》てす」という、蔣介石《ジャンジエシイ》の中国的ビヘービア、もしくは政治的プロパガンダがあったと思われます。


法廷における張学良は立派なものでした。

裁判にかけられるからには、クーデターは失敗したと見るべきなのですが、政治目的においては成功し、その指導者だけが裁かれるという、ふしぎな結末なのです。だからあんなにも晴れがましく、堂々としていたのでしょう。

張学良は強く述べました。

「このたびの兵変は私が指揮をし、他の者は軍人として命令に忠実であっただけである。よって私ひとりが責任を負う」

また、こうも言いました。

「抗日戦の統一中国軍を率いることのできる将帥は、蔣介石委員長をおいてほかにはいない。全中国は彼のもとに秩序を回復し、国際的地位を守り、指導者の尊厳をけっして冒さずに団結すべきである。そのためにはまず、唯一最大の叛逆者である私を厳正に処罰しなければならない」

彼こそ英雄にちがいないと思いました。みずからを英雄とするのではなく、欲していないから。そしてその報われざる勇気の根源は、いったい何なのだろうと考えました。

法廷にいたわずかな人々は、裁判長から衛兵に至るまで、誰もが同じことを考えたはずです。感動することすら忘れて、若き将軍のこの自信は、いったい何がもたらしているのだろう、と。


私は中国で、二人の日本人と知り合いました。

一人は中国事情に精通した新聞記者であり、もう一人は陸軍特務機関の情報将校です。私たちは国籍こそ異なりますが、中国を愛し、中国語で意思を通じ合うことができます。つまり中国の大地に立ち、中国の空の下にいる限り、私たちには国境がなく祖国もありません。

このたびの奇妙な兵変について、私たちは忌憚《きたん》なく意見を交換し、情報を分析し、私観を排除してひとつの結論を導き出しました。

中国は日本を捨ててソヴィエトを選んだのです。したがって日本は、天敵ソヴィエトから中国を取り戻すため、なおかつ満洲国防衛のために手を尽くさなければなりません。そしてこの事案は日本の外交能力を超えており、なおかつ二・二六事件の結果として、陸軍が事実上の支配者となった今、日本と中国との全面戦争は確約されました。

開戦時期はおそらく数ヵ月後、中国が統一軍の編制をおえて対日宣戦を布告する前に、一日でも早く日本が仕掛けるはずです。おそらくなしくずしに、確たる理由もなく、ただ茫洋《ぼうよう》として説明のつかぬ憎悪と軽侮ばかりを剝《む》き出しにした、しかしそれゆえにとどめようのない大戦争が始まります。

蔣介石《ジャンジエシイ》にはドイツ軍の軍事顧問団がおり、軍事支援もあります。ヒトラーはしたたかです。同様に共産軍にはソヴィエト紅軍の顧問とスターリンからの援助があります。そして何よりも、巨大な国土と人口。もし日本軍がそれらの要素を独善的に過小評価すれば、負けないまでも勝者にはなりえません。

そこで、閣下。私がこれまでに授けられた福音の返礼として、献言いたします。どうか英米のご一族みなさまでご検討下さい。

中国市場からの撤退と資本の回収、関係者の引き揚げをお急ぎ下さい。もちろん租界内も例外ではありません。

生まれ育ちのせいでロマンチシズムと無縁の私は、非科学的な事象を一切信じません。

神も、霊魂の存在も、この世の偶然すらも。

だから、同じ一九三六年に、東京と西安《シーアン》で起こった二つのクーデターが、その成否とは関係なく、奇《く》しき偶然であるとはどうしても思えないのです。

何やら人知の及ばざる偉大な力によって、すべてが精緻に必然に動いているような気がしてなりません。すると、それは私が一切信じていないはずの、非科学的な事象ということになるので、その先はもう考えられなくなってしまうのです。

ホテルの窓から黄浦江《ホワンプージアン》の泰然たる風景を眺めているうちに、ふと思いつきました。

私の目には、神なるあなたが映らなかった。それどころか、その存在すら気に留めることはなかった。私の人生があなたの善意に支えられているのではなく、合衆国が戦争遺児のために用意してくれた、制度の恩恵に浴しているような錯覚に捉われていたのです。

すなわち、ウォルドルフ・アスター子爵閣下。あなたにとって私は幾千幾万の戦争遺児であっても、私にとってのあなたは神にちがいないのです。ですからぜひとも、私からの献言をお聞き届け下さい。

もしかしたら私は、アメリカ合衆国と大英帝国の資産の明らかな一部をなすアスター家を災厄から守るために、精緻かつ必然に人生を仕組まれてここまでたどり着いた、ひとりの執事なのかもしれません。

子爵閣下とご一族のみなさまに神のご加護を

一九三七年一月五日　上海にて

ジェームス・リー・ターナー

エピローグ　北帰行

1937年冬
上海

十五時発の急行に乗って今晩は南京泊まり、明日は浦口《ほこう》から日に一本しかない北京行で三十四時間。丸二日半の長旅だが、それも時刻表通りに走ってくれればの話で、まずはあさってのうちに着けば御の字というところだろう。

もっとも、こんな具合にいちいち旅程の計算をするのは日本人だけである。支那人は時間に追われず、また追うこともない。

それでも天津で京山線に乗り換えて長城を越えようとせず、二日三日は北京の燕《つばめ》になろうと考えたのは、自分もよほど支那人になったのだろうと、北村修治は思った。

どだい出張した記者が二日三日ゆくえ知れずになろうが、どうとも思われないのが支那勤務のよいところである。妓楼を覗けばどこにもたいがい、ゆくえ知れずになったその手の日本人が流連《いつづ》けている。会社員も役人も、中には軍服を着た将校などもいて、目が合えばなかなかばつが悪い。

むろん、わざわざ北京に寄って遊ぶつもりはない。北村のうちには南京での緊張感が痼《しこり》のように残っていて、それをほぐしてくれるのは、真冬の北京の清冽な空気しかないように思えるのである。

旧知の人を訪ね、白酒《パイジュウ》を酌みかわし、塩辛い料理を食う。かつて上海から北京支局に転じた折も、他国のように異なる生活習慣が、北村の傷心を癒してくれた。

綿入れの袍《パオ》の両脇に日本の新聞を抱えて、支那人の子供が近寄ってきた。

「日文報《リイウエンバオ》、日文報」

駅頭にも新聞売りは大勢いるが、入場料を払ってプラットホームまで入ってくる少年が健気《けなげ》に思えて、三紙をまとめて買ったうえ、釣銭もくれてやった。上海から北京までの二昼夜、いくらかは暇潰しになるだろう。

新聞売りは愛想もなく去って行った。いったいに支那人の商売は、客を呼ぶときは懸命でも金を受け取ったとたん他人になる。

そう思うと、上海の町も人もみな一斉に北村から顔をそむけているように思えた。

雲が厚く空を蓋《おお》い、プラットホームは時刻を怪しむほの暗さだった。機関車の吐き出す水蒸気が、尽きせぬ溜息のように足元を過ぎてゆく。

「おや、北村さん。お帰りですかね」

新聞を開こうとして声を掛けられた。ベンチのかたわらに、虹口《ホンキュウ》の旅館の番頭が腰を屈めていた。よもや長い夢を見ていたのではあるまいな、と北村はあたりを見回した。

「お訪ねできずに申しわけない」

「いえいえ、記者さんは大忙しだったでしょう」

「まだこれからですよ。世の中どう転ぶかわかったものじゃない」

もし日本と支那の戦争が始まったなら、上海に住まう二万余の日本人はどうなるのだろうと思う。危機は指呼《しこ》の間に迫っているが、めったな口をきいてはならなかった。

「いやはや、きょうもお茶ッ引きだ。もっともこんなご時世に、上海見物もないもんでしょうがね。ま、北村さん、この次はぜひともお立ち寄り下さいまし」

番頭は法被《はっぴ》の背中を寒そうに丸めて去った。支那人とは逆様《さかさま》に、日本人は呼びこむときこそ不器用だが別れ方は丁寧だと思う。どちらの処世が賢いかはわからないが。

二等車の乗客は食堂車を使えるので、食料を持ち込む手間がない。莨《タバコ》を一服つけて、北村修治は新聞を開いた。


〈上海支局北村特派員七日発〉

先の軍法会議により体刑十年、公民権停止五年の刑を宣告された張学良氏は、恒例の元旦慶祝によって特赦が発表されたが、比度《このたび》昨十二月十二日の西安兵変時に全国各方面に対して通電したる要旨が公開された。

一、対日即時宣戦
二、親日国民政府の大改造
三、満洲東四省の失地回復
四、容共政策の回復

もし以上の諸条件を受諾した上で蔣介石氏の身柄釈放がなされたのであれば、今後の日支関係は重大な局面を迎えることになる。

こればかりの記事で、読者に危機を伝えられただろうか、と北村は思った。しかしどう考えても、上司たちの加筆訂正を受けず、検閲にも触れない限界はここまでなのだ。

だが視線を転じれば並びには、北村の電を押し潰すほどの大きな見出しで、日本政府の見解が述べられていた。

隠忍を捨てて断固　暴支を膺懲《ようちょう》す

記事を読む気にもなれず、北村は新聞を破り棄てた。何と醜《みにく》い日本語であろう。隠忍を捨てるだの、支那をこらしめるなどという理由が、戦争の大義となるはずはない。いったい何をどうすればこんな具合に、日本が世界の一等国で日本人が世界一優秀な民族だと、信ずることができるのだろうか。かつてあれほど謙虚に、支那からも欧米からも学んだ、同じ日本と日本人が。

出発の時刻が迫っていた。北村は支那の匂いのしみついた襟巻を斉《ととの》えてベンチから立ち上がった。

上海が嫌いなわけではない。ただ、相性が悪いのだ。この街の混沌に歓喜を見出すより先に、いつだって苦労に捉まってしまうだけだった。

顔も忘れかけた女房と、ついぞ会うこともなかった名もなき娘のために、今夜はひとつ泣いてやろうかと北村は思った。

上海が後ずさってゆく。虹口《ホンキュウ》の租界が、外灘《ワイタン》の摩天楼が。

プラットホームで列車を見送る支那人の母と子に向かって、北村修治はおーいおーいと声を上げながら、デッキの上から鳥打帽を振った。

（兵諫・了）

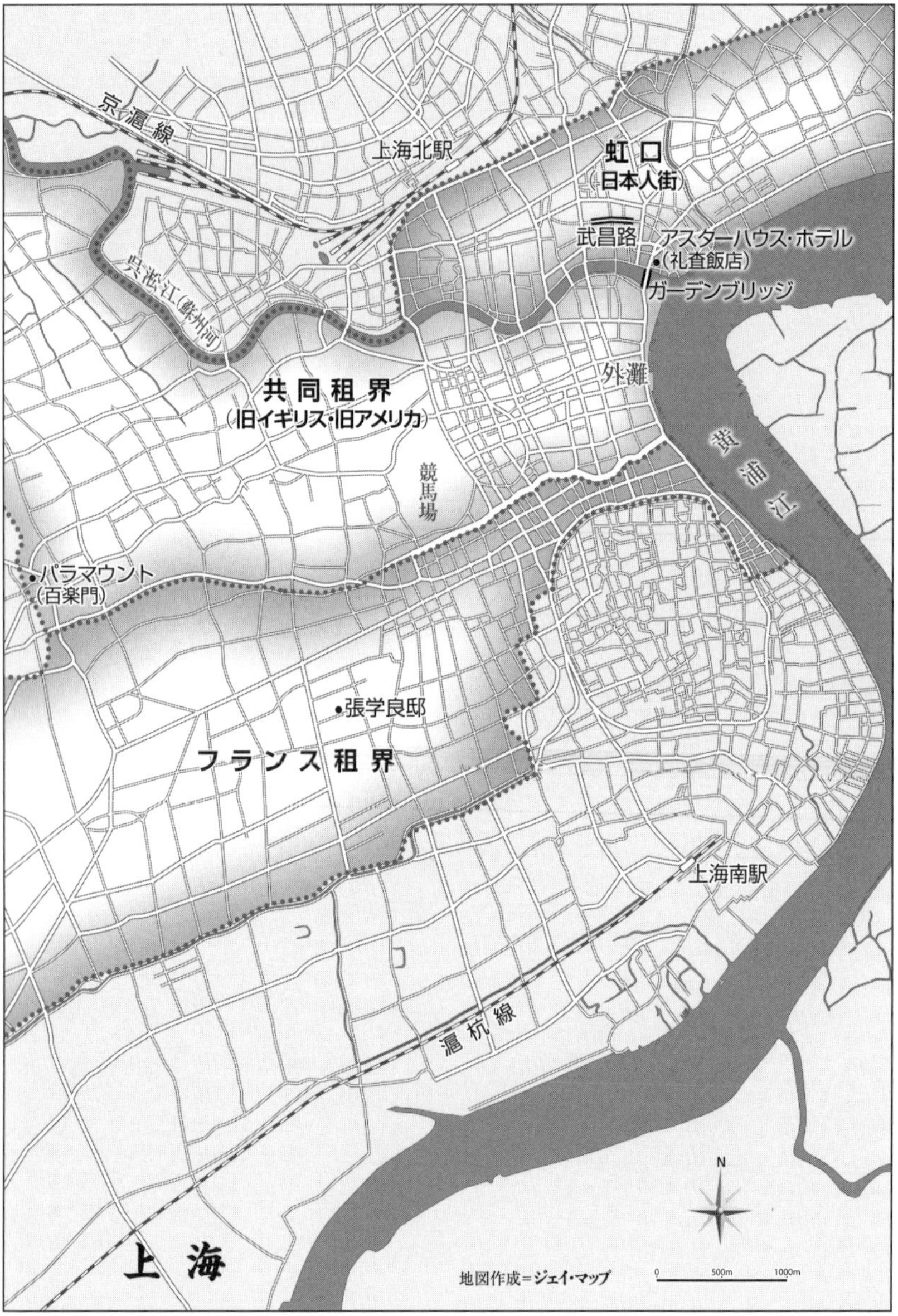

上海
京滬線
上海北駅
虹口
(日本人街)
武昌路
アスターハウス・ホテル
(礼査飯店)
ガーデンブリッジ
呉淞江(蘇州河)
外灘
共同租界
(旧イギリス・旧アメリカ)
競馬場
黄浦江
パラマウント
(百楽門)
張学良邸
フランス租界
上海南駅
滬杭線
N
0
500m
1000m
地図作成=ジェイ・マップ

南京
N
0
1000m
2000m
浦口
浦口駅
揚子江
興中門
小東門
挹江門
金川門
城壁
和平門
中山北路
定淮門
アメリカ大使館
首都飯店
（キャピタル・ホテル）
草場門
玄武門
玄武湖
日本大使館
清涼門
漢西門
太平門
紫金山
中央軍官学校
（軍事委員会）
国民政府
参謀本部
南京駅
水西門
中山東路
孫中山陵墓
城壁
中山門
城壁
秦淮
共和門
中華門
光華門
武定門

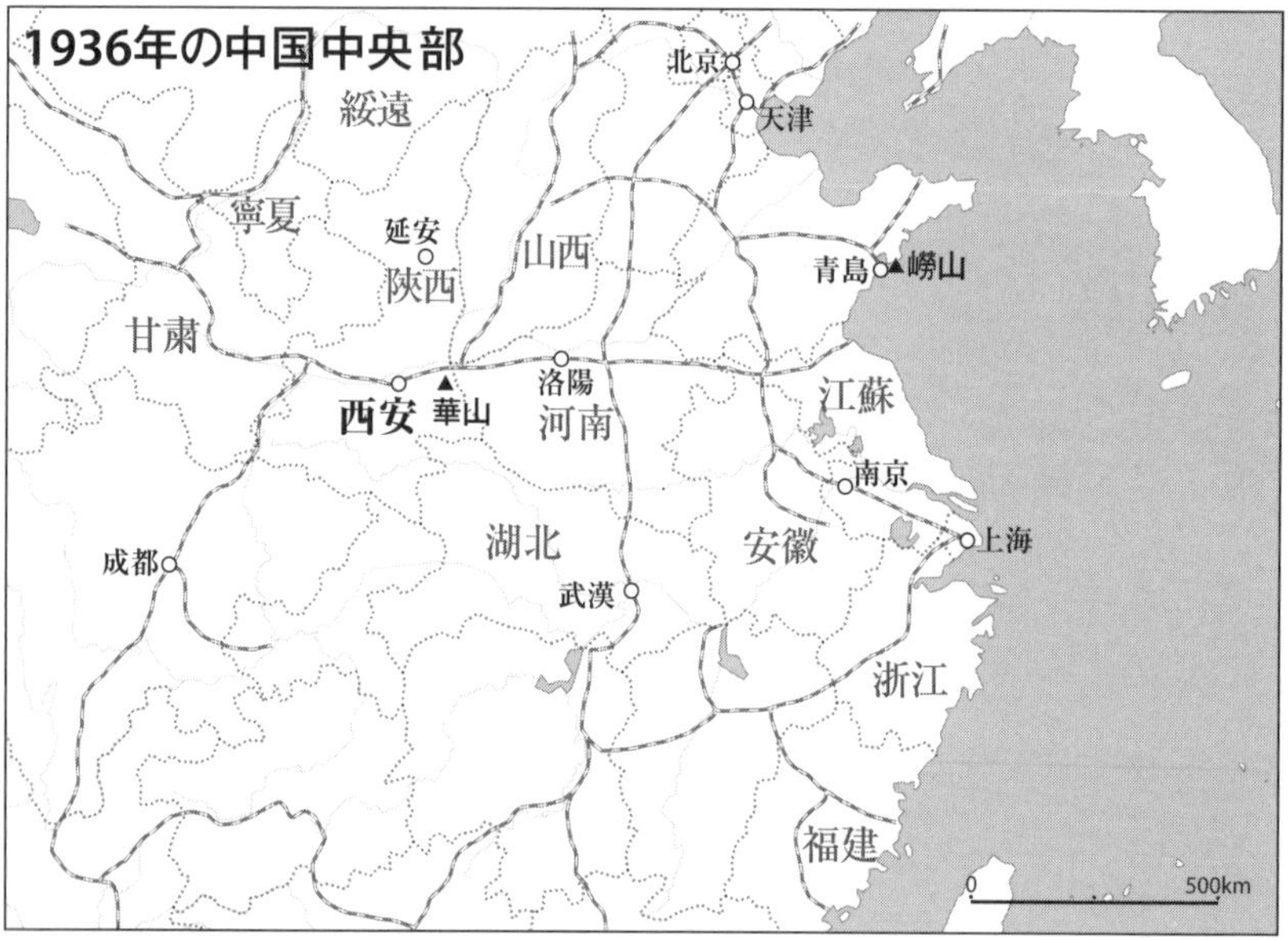
1936年の中国中央部
綏遠
北京
天津
寧夏
延安
陝西
山西
青島
▲嶗山
甘粛
洛陽
西安
▲華山
河南
江蘇
南京
湖北
安徽
上海
成都
武漢
浙江
福建
0
500km

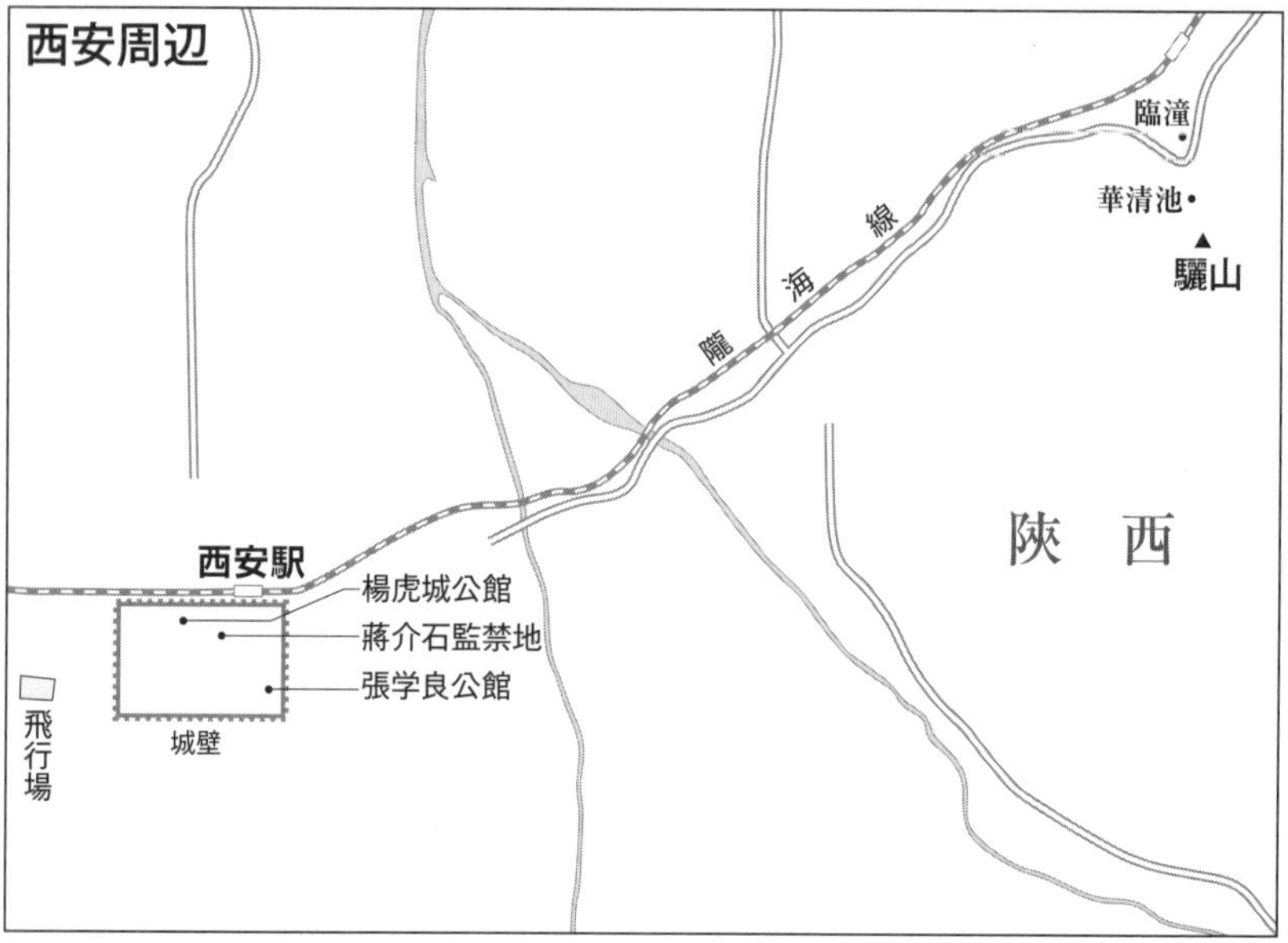
西安周辺
臨潼
華清池
▲驪山
隴海線
陝西
西安駅
楊虎城公館
蔣介石監禁地
張学良公館
城壁
飛行場

初出「小説現代」二〇二一年一月号・二月号

秋刀魚の歌／佐藤春夫　作詩

浅田次郎（あさだ・じろう）
一九五一年東京都生まれ。
一九九五年『地下鉄《メトロ》に乗って』で
第十六回吉川英治文学新人賞、
一九九七年『鉄道員《ぽっぽや》』で第百十七回直木賞、
二〇〇〇年『壬生義士伝』で
第十三回柴田錬三郎賞、
二〇〇六年『お腹《はら》召しませ』で
第一回中央公論文芸賞と第十回司馬遼太郎賞、
二〇〇八年『中原の虹』で
第四十二回吉川英治文学賞、
二〇一〇年『終わらざる夏』で
第六十四回毎日出版文化賞、
二〇一六年『帰郷』で
第四十三回大佛次郎賞をそれぞれ受賞。
二〇一五年紫綬褒章受章。
二〇一九年「蒼穹の昴」シリーズをはじめとする
文学界への貢献で第六十七回菊池寛賞を受賞。
他の著書に『日輪の遺産』『霞町物語』『歩兵の本領』
『おもかげ』『大名倒産』『流人道中記』など多数。

兵諫《へいかん》

二〇二一年七月十二日　第一刷発行

定価はカバーに表示してあります。

著者　浅田《あさだ》次《じ》郎《ろう》
発行者　鈴木章一
発行所　株式会社講談社
東京都文京区音羽二－一二－二一　〒一一二－八〇〇一
電話　出版　〇三－五三九五－三五〇五
　　　販売　〇三－五三九五－五八一七
　　　業務　〇三－五三九五－三六一五
印刷所　大日本印刷株式会社
製本所　株式会社若林製本工場

Printed in Japan　ISBN978-4-06-523049-7
N.D.C.913　282p　20cm